Arena-Taschenbuch
Band 50644

Achtung!

Dies ist ein Weihnachtskrimi in 24 spannenden Fortsetzungen.
Viel gesünder als Plätzchen und Schokolade!
Wie er funktioniert? Ganz einfach: An jedem Tag vom 1. bis zum 24. Dezember kannst du dir ein Kapitel öffnen, am besten mit einem Lineal oder einem Brieföffner.
Probier's gleich mal aus!

Weitere Weihnachtskrimis in 24 Kapiteln von Jo Pestum im Arena-Taschenbuch:

Das verschwundene Christkind (Band 50265)
Die rätselhaften Nikoläuse (Band 2260)
Die geheimnisvollen Engel (Band 50408)
Die Lametta-Bande (Band 50409)
Drei Könige auf Abwegen (Band 50388)
Der Weihnachtsmann im Tannenbaum (Band 50389)
Die gefährlichen Schneemänner (Band 50390)
Die Weihnachtsmarktdetektive (Band 50422)

Jo Pestum
studierte Malerei und arbeitet als Schriftsteller sowie Film-, Funk- und Fernsehautor. Er zählt zu den bekanntesten Kinder- und Jugendbuchautoren.

Jo Pestum

Die gestohlenen Weihnachtsgeschenke

Ein Weihnachtskrimi in 24 Kapiteln

Mit Bildern von Lisa Althaus

Arena

1. Auflage als Arena-Taschenbuch 2014

Umschlag- und Innenillustrationen: Lisa Althaus
Umschlagtypografie: knaus. büro für konzeptionelle und visuelle identitäten, Würzburg
Gesamtherstellung: Westermann Druck Zwickau GmbH
ISSN 0518-4002
ISBN 978-3-401-50644-9

www.arena-verlag.de
Mitreden unter forum.arena-verlag.de

1. Dezember

Ein geheimnisvolles Licht

Eisige Windböen fegten über die Straße und verfingen sich in den kahlen Kronen der Bäume. Kaum ein Mensch war unterwegs. Plötzlich flog die Tür der Sporthalle auf. Till sprang die Stufen vor dem Eingang hinunter und spurtete zur Bushaltestelle. »Stehen bleiben!«, rief er dem Bus entgegen. Doch es half nichts. Die Türen schlossen sich vor seiner Nase. »So ein Mist!«, schimpfte Till, als er den roten Rücklichtern des Busses nachsah. Wütend warf er die Sporttasche auf den Boden und ließ sich auf die Bank im Wartehäuschen fallen.

Warum hatte sein Handballtrainer ausgerechnet heute mit ihm reden wollen? Dabei hatte Till doch überhaupt keine Zeit. Er musste noch eine Krippenfigur für seine Oma basteln. Aber während die anderen aus der Mannschaft schon unter der Dusche standen, hatte Till sich eine Standpauke anhören müssen. »Till, was ist denn nur los mit dir?«, hatte Trainer Mickler gepoltert. »Seit Wochen bist du bei den Spielen geistig nicht anwesend. Deine Pässe landen sonst wo, in der Abwehr überrennt dich jeder Anfänger und von deinen Torwürfen fang ich gar nicht erst an.« Till hatte nur dagestanden und keinen Mucks von sich gegeben, was den Trainer nur noch wütender gemacht hatte. »Wenn du weiter so spielst, kannst du in Zukunft von der Bank aus zusehen. Oder hast du keine Lust mehr auf Handball?« Till hatte nur herumgedruckst. Er konnte Trainer Mickler unmöglich von seinen Problemen in der Schule erzählen. Das war einfach zu peinlich. In Englisch hatte er zuletzt nur Fünfen kassiert, was immer wieder zu Ärger daheim geführt hatte. Seine Eltern hatten ohnehin schon genug Sorgen, da sein Bruder Georg gerade seine Lehrstelle verloren hatte. Sein Lehrbetrieb war pleitegegangen. Und zu allem Überfluss stand auch noch Weihnachten vor der Tür. Darauf hatte Till gerade gar keine Lust.

Ihn nervten die Weihnachtslieder, die überall aus den Lautsprechern schallten, und die Weihnachtsmänner, die in der Stadt herumliefen.

»Soll ich hier etwa erfrieren?«, schimpfte er und ballte die Fäuste. Sogar die Straßenlaterne, die ihr Licht auf ihn warf, schien ihn mit ihrem Quietschen zu verhöhnen.

Entschlossen warf er sich die Tasche über die Schulter und stiefelte los. Till hatte wirklich keine Lust, zum Eiszapfen zu erstarren. Da nahm er doch lieber den langen Fußweg auf sich.

Das Vereinsgelände des VfL Grün-Weiß lag fast am Stadtrand und um diese Zeit waren hier nur noch wenige Leute unterwegs. Zwei Jogger mit Pudelmützen keuchten an Till vorbei, eine Frau in dickem Wintermantel zog ihren Dackel hinter sich her, hin und wieder rauschte ein Auto vorbei. Schließlich hatte Till den Eindruck, allein in dieser einsamen Gegend zu sein, was ein bisschen unheimlich war.

Nach ungefähr einer Viertelstunde erreichte er die Straßenkreuzung, an der er in das ehemalige Gewerbegebiet abbiegen konnte. Das war eine prima Abkürzung – bei Tag. Jetzt lagen die gammeligen Gebäude schwarz und tot im spärlichen Licht. Ein Freizeitpark mit Tennisplätzen, schicken Lokalen, Tiergehegen und Abenteuerspielplatz sollte hier entstehen, doch seit zwei Jahren schon lag das Gelände brach, weil der Stadt und den Investoren das Geld ausgegangen war.

Till zögerte. Sollte er weiter an der Straße entlanglaufen? Die war wenigstens beleuchtet. Oder sollte er es wagen, über das finstere Gelände mit den verfallenen Werkstätten und Lagerhäusern zu gehen. »Das würde mindestens fünfzehn Minuten sparen«, sprach er sich selber Mut zu. Er schaute nach allen Seiten. Till hatte eine Entscheidung getroffen. »Ich bin doch kein Weichei!«, knurrte er und bog mutig in die düstere Straße durchs Gewerbegebiet ein.

Play

Der Asphalt war an vielen Stellen aufgeplatzt. Till musste achtgeben, dass er in der Dunkelheit nicht stolperte. Der Wind wimmerte zwischen den Fassaden und in den kaputten Fenstern. Irgendwo klapperte eine Tür. Um das flaue Gefühl zu bekämpfen, das plötzlich in seiner Magengegend aufkam, fing Till an, ein Weihnachtslied zu singen »Jingle bells, jingle bells, jingle all the way . . .«

Da sauste etwas Schwarzes quer über den Weg, streifte fast Tills Beine und verschwand in einer Toreinfahrt. Erschrocken fuhr Till zusammen. Eine Katze? Ein Kaninchen? Eine Ratte? Till entschied, dass es eine Ratte gewesen sein musste, eine ganz besonders fette. Er eilte tapfer weiter.

Als er um die nächste Ecke bog, sah er plötzlich ein Licht. Es war nur ein kleines Funzellicht wie von einer Taschenlampe und er dachte erst, er hätte es sich eingebildet. Aber nein! Da war es wieder, es kam aus einem Kellerfenster. Till hielt den Atem an. Was war das? Er ließ die Sporttasche von der Schulter gleiten, ging näher an das Fenster heran und bückte sich, um besser hindurchspähen zu können. Das Licht bewegte sich jetzt. Lief dort etwa jemand mit einer Kerze umher? Oder funkelte jemand mit einer Taschenlampe herum?

Für einen Augenblick schossen Till Gedanken an böse Geister, Horrorgeschichten und Spukgestalten durch den Kopf, doch dann besann er sich eines Besseren, so etwas gab es nicht. Noch einmal knurrte er leise: »Ich bin doch kein Weichei!«

So schnell sein Herz auch raste und wie sehr seine Knie auch zitterten, Till war neugierig geworden und sein Detektivsinn war geweckt. Und Detektive überwinden ihre Angst und denken logisch. Demnach konnten es keine Geister sein, die gab es ja nicht. Aber was hatte dieses geheimnisvolle Licht im Keller eines kaputten Hauses zu bedeuten? Die Sache war unheimlich, aber es musste einen Grund dafür geben, da war Till sich sicher. Vielleicht war es ja ein Obdachloser, der sich für die Nacht einquartiert hatte. Oder es war das Geheimversteck einer Bande! Trotz der Kälte wurde ihm seltsam heiß. Waren da unten etwa mehrere Personen?

Im Dämmerlicht der spärlichen Straßenbeleuchtung konnte Till nur undeutlich erkennen, dass die Haustür oberhalb des Kellerfensters völlig zersplittert war. Er spähte in den leeren Raum, der wohl eine Art Diele gewesen war. Eine steile Treppe führte in den Keller hinunter. Till lauschte. Waren da nicht Flüsterstimmen zu hören oder war das der Wind?

Plötzlich knatterte und kreischte es im Dach. »Ahhh«, Till sprang entsetzt zurück. Ein paar Tauben flatterten erschreckt auf und stoben über die Hausdächer hinweg. Hatte Till sie aufgeschreckt? Wenn es so war, dann hatte man den Lärm gewiss auch unten im Keller gehört. Till musste verschwinden. Er griff sich seine Tasche, hastete zur Tür hinaus und die Straße hinunter. In einer Toreinfahrt ein Stück weiter versteckte er sich und lauschte. Er hörte seinen Atem pfeifen und wartete gespannt, aber nichts geschah. Dennoch hatte er ein ungutes Gefühl. »Bloß weg hier!«

Er lief weiter, darauf bedacht, nicht ins Stolpern zu geraten. »So ein Quatsch, ich lass mich doch nicht von ein paar Tauben erschrecken. Detektive kennen keine Panik«, sagte er sich die ganze Zeit. Doch als Till das Ende des ehemaligen Gewerbegebietes erreicht hatte und wieder auf die beleuchtete Straße trat, wo Autos fuhren und Menschen liefen, atmete er erleichtert auf.

Aber das geheimnisvolle Licht spukte weiter in seinem Gehirn herum. Er musste unbedingt seinem Freund Rufus davon erzählen.

Ist Till wirklich einem Geheimnis auf der Spur?
Lies morgen weiter!

2. Dezember

Detektive zittern nicht

Geschafft! Rufus war mit der Übersetzung fertig. Es hatte ewig gedauert, all die unbekannten Wörter rauszusuchen und die Sätze so zu übersetzen, dass sie einen Sinn ergaben. Aber mit dem Ergebnis war er zufrieden.

Diese Woche hatten sie im Englischunterricht mit einer Kurzgeschichte von Edgar Wallace begonnen: *The Treasure Hunt*. Endlich mal eine Klassenlektüre nach Rufus' Geschmack. Schön spannend und gruselig. Er liebte die alten Edgar-Wallace-Filme in Schwarz-Weiß. Im Fernsehen hatte er schon einige gesehen. Der Domspatz, ihr Englischlehrer, der eigentlich Herr Vogel hieß, hatte ihnen als Hausaufgabe die Übersetzung der ersten beiden Absätze aufgegeben, das waren zwar nur dreiundzwanzig Zeilen, aber die hatten es in sich.

Jetzt hockte Rufus auf seinem Bett und übte auf der Gitarre. Zur Weihnachtsfeier der Jahrgangsstufe musste er »I Wish It Could Be Christmas Every Day« können. Christine am Bass, Jan mit seiner rauen Stimme und er wollten diesen Song in der Version von den Roten Rosen spielen – schön rockig sollte es sein –, denn die üblichen Weihnachtslieder fanden sie einfach nur schnulzig. Rufus sang leise den Text mit: *»Now the frosty paws appear and they've frozen up my ear . . .«* Ihre Mitschüler und Lehrer würden Augen machen.

In diesem Augenblick klingelte es an der Haustür und aus der Küche war Emma zu hören. »Ich mach auf!«, krähte sie. Rufus verdrehte genervt die Augen. Musste seine kleine Schwester immer so neugierig sein?

Keine Minute später stürmte Till ins Zimmer seines Freundes. »Mann, Rufus, du glaubst nicht, was ich gerade erlebt habe!«

Rufus legte die Gitarre zur Seite und sprang vom Bett. »Du bist einem Geist begegnet.«

»Fast!«, japste Till, weil er vom Rennen völlig außer Atem war. Und dann sprudelte die Geschichte nur so aus ihm heraus. »Ich hab den Bus verpasst, weil mein Trainer mich Ewigkeiten zugelabert hat. Dann bin ich zu Fuß durch das tote Gewerbegebiet. Und plötzlich war da ein geheimnisvolles Licht in einem Keller . . .«

Als Till eine kurze Pause machte, um nach Luft zu schnappen, unterbrach ihn Rufus: »Jetzt mal ganz langsam. Das war viel zu schnell, ich versteh kein Wort.«

Also ließ Till die Sporttasche fallen, setzte sich auf Rufus' Schreibtisch und begann seinen Bericht noch einmal in Ruhe. Als Till erwähnte, dass sich in dem Keller vielleicht etwas Kriminelles abgespielt habe, prustete Rufus los.

»Was gibt's denn da zu lachen?«, fauchte Till.

»Warum bist du nicht runtergestiegen in den Keller?«, gluckste Rufus. »Hattest du Schiss vor Geistern oder Obdachlosen?«

Till stieß beleidigt durch zusammengepresste Zähne: »Das Wort Schiss kenn ich überhaupt nicht! Aber wer ein bisschen Ahnung von Detektivarbeit hat, der weiß, dass nur Anfänger solch einen leichtsinnigen Alleingang machen würden. Profis arbeiten immer zu zweit, weil einer Rückendeckung geben muss. Das ist auch der Grund, warum ich dir das erzähle. Wir werden diesen Fall gemeinsam aufklären. Das wollten wir doch schon immer mal machen, einen mysteriösen Fall aufdecken.«

Rufus legte den Kopf schief. »Das stimmt, aber das ist doch schon ewig her. Und außerdem, was sollen wir denn da? Das geht uns doch überhaupt nichts an. Und wahrscheinlich steckt was ganz Harmloses dahinter.«

»Und wenn nicht? Vielleicht braucht da jemand Hilfe oder da unten hat sich jemand versteckt, der von der Polizei ge-

Play

sucht wird. Mensch, Rufus, das ist doch spannend. Nervenkitzel, Adrenalin! Du verstehst schon oder zitterst du schon vor Angst?«

»Detektive zittern nicht.«

»Genau das wollte ich hören, Partner.« Till grinste seinen Freund an. »Ich verstehe das also als ein Ja, und dass wir das Rätsel gemeinsam lösen werden. Das sehe ich doch richtig, oder?«

»Ich kann's ja nicht verantworten, dass du im Alleingang in irgendwelche gefährlichen Keller kletterst, Partner. Am Ende gerätst du noch in eine hinterhältige Falle und ich muss dich rausboxen. Nee, da bin ich lieber von Anfang an dabei.« Rufus grinste. Wirklich überzeugt von der Aktion war er noch immer nicht. Ihm schienen all die Vermutungen nichts als heiße Luft zu sein und das Licht, das Till gesehen haben wollte, hatte vielleicht eine völlig harmlose Ursache. Dennoch fügte er versöhnlich hinzu: »Wir können uns das ja mal anschauen.«

Till nickte eifrig. »Alles klar. Morgen nach der Schule. Abgemacht? Und jetzt muss ich mich schleunigst auf die Socken machen«, sagte er und schwang sich seinen Rucksack über die Schulter. »Ich muss noch die Deutsch- und Englischhausaufgaben machen. Puh, das wird eine lange Nacht.«

»Ich kann dir meine Übersetzung ausdrucken«, bot Rufus an. »Du brauchst den Text dann bloß ein bisschen abzuändern.«

»Lass mal!« Till winkte ab. »Ich muss das schon selber machen, damit ich es auch richtig kapiere. Du weißt doch, dass ich in Englisch zurzeit nicht die Leuchte bin. Ich muss beim Domspatz mal wieder ein paar Pluspunkte sammeln.«

Sie verabschiedeten sich und Till machte sich auf den Heimweg. Rufus nahm sich wieder seine Gitarre und übte noch ein wenig. Aber so richtig konnte er sich nicht konzentrieren. Ihn beschäftigte die Frage, ob hinter Tills Beobachtung tatsächlich etwas Rätselhaftes steckte. Auch die Weihnachtsplätzchen, die Emma brachte, halfen da nicht weiter.

Der nächste Vormittag verging quälend langsam. In der ersten Stunde hatten sie Englisch und ihr Lehrer, Herr Vogel, den aber alle nur Domspatz nannten, war mürrischer denn je. Natürlich musste Till als Erster seine Übersetzung der zwei Abschnitte aus *The Treasure Hunt* vorlesen. Er war schrecklich nervös, denn er war sich nicht sicher, ob das, was er am Abend zuvor übersetzt hatte, stimmte. Auch ihm war ständig das Licht im Kopf rumgespukt und nach dem Handballtraining und den aufregenden Beobachtungen war er ganz schön müde gewesen. Aber Till hatte Glück, der Domspatz war zufrieden. »Wer sagt's denn, Till. Du musst dich nur ein wenig anstrengen, dann klappt es auch.«

Till spürte, dass er rote Ohren bekam. Vielleicht konnte er seine Note in Englisch ja doch noch retten.

Den Rest des Vormittags verbrachten die Schüler der 7c mit öden Grammatikübungen in Deutsch, Kanonsingen in Musik, Anatomiezeichnungen in Biologie und einem Test in Geometrie. Aber dann war es endlich vorbei. Jetzt mussten sie nur noch schnell Mittag essen – und dann konnten sie mit ihrer Detektivarbeit beginnen.

»Mit dem Fahrrad?«, fragte Rufus, als sie das Schulgebäude verließen. »Oder sollen wir zu Fuß gehen?«

»Zu Fuß!«, sagte Till. »Da fallen wir nicht so auf. Um drei vor der Kirche.«

Sie klatschten sich ab und liefen nach Hause.

Ob die Jungen etwas Aufregendes erleben werden?
Lies morgen weiter!

3. Dezember

Spuren im Staub

Mit dem Glockenschlag erreichten die beiden die Kirchentreppe. Sofort machten sie sich auf den Weg. Der Fall »Geheimnisvolles Licht« konnte beginnen.

Die Luft war feucht und kalt, aber zum Glück regnete es nicht. Rufus und Till ließen sich vom Wetter nicht abhalten und liefen zum Gewerbegebiet. Sie passierten den Weihnachtsmarkt, wo sich die Menschen zwischen den Buden drängten und Weihnachtslieder dudelten. Der Geruch von Bratwürstchen und gebrannten Mandeln hing in der Luft.

»Freust du dich auf Weihnachten?«, fragte Rufus.

»Von mir aus könnte Weihnachten ausfallen.« Till schniefte. »Bei uns ist es immer das Gleiche. Am Heiligabend trifft sich die ganze Verwandtschaft bei Oma Käthe. Erst gibt es Kuchen, dann wird vor dem Christbaum gesungen und die Kleinen müssen Gedichte aufsagen. Und das Nervigste ist . . .« Till holte tief Luft. ». . . das Nervigste ist, dass ich wie jedes Jahr eine neue Krippenfigur basteln muss. Meine Oma erwartet das. Da hilft es auch nicht, sich zu weigern oder darauf hinzuweisen, dass ich dafür langsam zu alt bin. Das lassen meine Eltern nicht gelten.«

Rufus verstand das nicht. »Was für Krippenfiguren?«

»Ach komm, die kennst du doch. Maria, Josef, Engel, Hirten mit Schafen, Ochs und Esel und so weiter. Oma Käthes Krippe platzt schon fast aus allen Nähten. Da stehen mindestens zwei Dutzend Figuren rum. Und dieses Jahr wünscht sie sich Melchior, einen der Heiligen Drei Könige.«

Rufus schaute seinen Freund mitleidig an. »Ach die. Bei uns steht auch so eine, aber die ist gekauft.«

»Du hast es gut!«, schnaufte Till so heftig, dass eine Passantin beinahe ihre Einkaufstüte vor Schreck fallen ließ. »Ich muss die selber *machen!* Mit der Laubsäge säge ich die Figuren aus Sperrholz. Und dann male ich sie mit Plakafarbe an. Das ist so ätzend. Laubsägearbeit ist doch was für Kleinkinder! Und die Sperrholzplatte für den König muss ich auch noch besorgen. Kapierst du jetzt, warum mir Weihnachten auf die Nerven geht?«

»Falls es dich tröstet: Bei uns wird Heiligabend auch ätzend. Dieses Jahr kommt meine Tante Heidi zu Besuch. Und ich kann dir sagen, das wird alles andere als lustig. Die wird mich wieder ausquetschen, wie es in der Schule läuft und ob ich schon eine Freundin habe.« Dabei äffte er die Stimme seiner Tante nach. »Aber immerhin gibt es Geschenke«, versuchte er sich und seinen Freund aufzuheitern.

»Na ja, mal sehen. Meine Eltern haben schon angekündigt, dass es dieses Jahr eher mau aussieht. Irgendwie läuft dieses Jahr alles nicht so toll.«

Rufus klopfte sich plötzlich auf die rechte Seitentasche seiner Daunenjacke. »Ich hab mir übrigens eine Taschenlampe eingesteckt.«

Till lachte und klopfte auf die Brusttasche seines Anoraks. »Jetzt rate mal, wer auch eine dabeihat!«

Nach ungefähr einer Viertelstunde erreichten die beiden Jungen das ehemalige Gewerbegebiet. Im düsteren Nachmittagslicht wirkte die Straße mit den verfallenden Gebäuden nicht besonders unheimlich, eher trostlos und öde.

Rufus und Till liefen weiter. Windböen pfiffen in den Toreinfahrten. Dohlen umkreisten einen abgebrochenen Schornstein und schrien klagend. Nun wurde ihnen doch ein bisschen mulmig zumute, auch wenn sie es nie zugegeben hätten.

»Ob es hier wirklich mal einen Erlebnispark geben wird?« Rufus rieb sich die kalten Hände.

»In tausend Jahren vielleicht«, meinte Till. »Jedenfalls werden wir das nicht mehr erleben.« Dann blieb er plötzlich stehen. »Hier! Dieses Haus ist es.« Er zeigte auf das Kellerfenster

Play

schräg unterhalb des Eingangs. »Und da unten habe ich das Licht gesehen. Kann sein, dass ich auch Stimmen gehört hab, aber da bin ich mir nicht mehr sicher. Der Wind hat so gepfiffen.«

Rufus schaute die Straße rauf und runter, dann sprang er die zwei Stufen hinauf und schlüpfte durch die kaputte Tür in den düsteren Eingangsbereich. »Komm, Till, schauen wir mal nach, ob es hier böse Gespenster oder bewaffnete Räuber gibt!« Seine Flüsterstimme sollte witzig klingen, doch sie zitterte ein bisschen.

Till folgte seinem Freund und hielt sich den Finger vor den Mund. Er lauschte, ob es irgendwo Geräusche gab. Er beugte sich über die Kellertreppe, aber auch da war nichts zu hören. Es war totenstill.

»Da unten ist garantiert niemand«, wisperte Rufus. »Los, mach schon, du als Erster! Ich halte dir den Rücken frei.«

Till ärgerte sich, dass er zuerst in den Keller klettern musste, doch dann besann er sich, dass er ja das geheimnisvolle Licht entdeckt hatte und es somit sein Job war herauszufinden, was sich da unten verbarg. – Dieser Gedanke machte ihm Mut. Er gab sich einen Ruck, knipste die Taschenlampe an und setzte entschlossen den Fuß auf die erste Stufe. Die knirschte bedrohlich unter seinem Gewicht.

»Weiter!«, forderte Rufus hinter ihm. »Die Treppe wird schon nicht zusammenbrechen. Oder hast du Muffensausen?«

»So ein Quatsch!« Mutig stieg Till die Kellertreppe hinunter. Sollten die Holzstufen doch knacken! Das ließ ihn völlig kalt. Till fühlte sich jetzt wie ein Superdetektiv.

Als Till den Fußboden des Kellerraumes erreicht hatte, kam auch schon Rufus hinter ihm die Treppe hinunter. Die Jungen ließen das Licht ihrer Taschenlampen durch den kleinen Raum wandern. Erleichtert und enttäuscht zugleich stellten sie fest, dass er bis auf ein großes metallenes Fass mit rostigem Deckel leer war. Keine Geldfälscherwerkstatt oder gar ein Gerippe in der Ecke oder eine Schatztruhe voll glitzernder Diamanten. Aber was hatten sie auch erwartet?

Rufus hob den Deckel des Fasses an und schnüffelte. »Iiihh! Das stinkt ja eklig. Und da ist so ein glibberiges gelbes Zeug am Boden.«

Till achtete nicht auf seinen Freund, er hatte etwas anderes im dreckigen Staub entdeckt. »Rufus, guck mal, hier sind Schuhabdrücke. Die sind ziemlich klein. Die könnten von Kindern oder Jugendlichen stammen. Und sie scheinen ziemlich frisch zu sein!«

»Vielleicht sind es Fußspuren von kleinen Monstern«, kicherte Rufus. Er zog sein Handy aus der Jackentasche. »Das können wichtige Beweise sein, die müssen wir sichern. Leuchte mal!«

Im Schein von Tills Taschenlampe fotografierte Rufus einige der Schuhabdrücke. Sie zeigten ein deutliches Muster von Sportschuhen.

»Hier ist noch eine Tür«, sagte Till. Seine Stimme klang seltsam dumpf in diesem niedrigen Keller. »Anscheinend sind hier unten noch weitere Räume. Sollen wir mal . . .«

Rufus unterbrach ihn jäh. »Pscht! Sei mal still!«

Jetzt hörte es Till auch: Da waren Leute vor dem Fenster, die Stimmen kamen eindeutig näher. Die Jungen knipsten ihre Lampen aus. Sie hatten gleichzeitig denselben Gedanken. Blitzschnell schoben sie den Deckel zur Seite, krabbelten in das große Fass und hievten den Deckel wieder über ihre Köpfe. Keine Sekunde zu früh!

Aber ist das auch ein sicheres Versteck?
Lies morgen weiter!

4. Dezember

Wer klaut schon Kuscheltiere?

Aneinandergepresst wie Ölsardinen in der Dose kauerten Rufus und Till in dem stinkenden Fass und hielten den Atem an. Da stapften auch schon mehrere Paar Füße die Kellertreppe hinunter und wispernde Stimmen waren zu vernehmen. Ein Lichtstrahl drang durch den Spalt zwischen Fassrand und Deckel. Till und Rufus verhielten sich mucksmäuschenstill, nicht einmal ein Schnaufen war von ihnen zu hören. Nur ihre Herzen klopften so laut, dass die Jungen Angst hatten, sie würden sie verraten. Doch plötzlich wurden die Geräusche wieder leiser.

Rufus bewegte sich ganz vorsichtig und schob den Deckel ein kleines bisschen zur Seite, sodass er durch den Schlitz sehen konnte. Anscheinend waren die rätselhaften Eindringlinge durch die Tür, die Till entdeckt hatte, in einen weiteren Teil des Kellergewölbes vorgedrungen. Hatten sie dort ihr Diebesgut versteckt? Oder war das bloß der Treffpunkt für eine Jugendbande? Denn dass es sich bei den Typen um junge Leute handelte, hatten Rufus und Till an den Stimmen erkannt, obwohl sie in ihrem engen Versteck nicht verstehen konnten, was sie gesagt hatten.

»Sei vorsichtig!«, zischte Till, als Rufus den Deckel ein bisschen zur Seite schob. »Wenn der Deckel vom Fass rutscht, sind wir erledigt.«

»Bleib locker«, flüsterte Rufus. »Die sind weiter nach hinten gegangen. Ich kann ihr Licht noch sehen, aber nichts mehr hören. Dort scheint es noch einen Raum zu geben. Ich glaube . . .«

Erschrocken zuckten die Jungen zusammen, als aus dem hinteren Teil des Kellers plötzlich lautes Scheppern und dann ein lauter Knall drangen, der in allen Kellerräumen widerhallte.

»Als ob die eine Eisentür zugeschlagen hätten«, wisperte Till. »Oh Mann, mir schlafen gleich die Beine ein, wenn wir noch länger in diesem widerlichen Fass stehen müssen.«

»Pscht! Ich glaube, sie kommen zurück.«

Die beiden Jungen duckten sich tiefer in das Fass und bissen die Zähne zusammen, um jedes Geräusch zu vermeiden. Rufus spähte durch den Spalt. Die tuschelnden Stimmen wurden deutlicher, Taschenlampenlicht flackerte über die Kellerwände und hastige Schritte näherten sich. Drei dunkle Gestalten huschten am Fass vorbei. Rufus konnte nicht erkennen, wer die Typen waren, doch als sie die Treppe hinaufstiegen, konnte er einen Blick auf ihre Beine und Schuhe erhaschen. Im dämmrigen Licht fiel ihm etwas auf: Ein Paar Fellstiefel. Solche kannte er von Fotos, auf denen Eskimos zu sehen waren. Aber er hatte sie auch vor Kurzem woanders gesehen. Nur fiel ihm gerade nicht ein, wo.

Eine halbe Minute hielt es Till noch aus, dann stieß er mit erleichtertem Stöhnen den rostigen Deckel hoch. »Puh! Ich bin fast ohnmächtig geworden von dem Gestank.« Mühsam hievte er sich aus dem Fass. »Ich schau mal nach, ob die Typen auch wirklich weg sind.« Mit steifen Beinen stakste Till die Kellertreppe hoch. Die Luft war rein.

Rufus war inzwischen auch aus dem Fass geklettert. »Oh Mann, was für eine Sauerei. Diesen Schleim kriegen wir nie wieder ab.« Er richtete den Strahl der Taschenlampe auf seine Schuhe. »Sieht echt eklig aus.«

»Das ist doch jetzt völlig egal«, entgegnete Till aufgeregt, der inzwischen wieder im Keller stand. »Mich interessiert viel mehr, was die Typen in dem hinteren Raum getrieben haben und woher der Knall kam.« Till leuchtete die nun offen stehende Tür am Ende des Raumes an.

Der hintere Kellerraum war nicht viel größer als eine Gefängniszelle. Im spärlichen Lichtschein der Stablampen sahen Rufus und Till eine grünliche Schimmelschicht an den

PLAY

feuchten Wänden. Ein paar verschnörkelte Eisenteile, die aussahen, als könnten sie zu einem Gartenzaun gehören, lagen auf dem verdreckten Zementboden. War das alles?

Till bückte sich. Er hatte ein paar kleine, dreckige Zettel entdeckt, die er nun ins Lampenlicht hielt. »Da stehen Zahlen drauf. Was könnte das bedeuten?«

»Preisschilder«, rief Rufus aufgeregt, »das sind eindeutig Preisschilder. Mensch, bist du blind?«

»Blas dich nicht so auf!« Till ärgerte sich, dass er nicht selber darauf gekommen war. Aber das ließ er sich nicht anmerken und fuhr fort. »Wenn das Preisschilder sind, wo ist dann die dazugehörende Ware geblieben? Hier muss es noch ein Versteck geben. Das Geschepper vorhin und der Knall . . .«

Rufus war bereits dabei, die Eisenteile zur Seite zu räumen. Darunter kam tatsächlich eine rechteckige metallene Klappe zum Vorschein. »Schau mal, hier gibt es so etwas wie eine Geheimkammer. Wofür die wohl gedacht war?« Rufus ging in die Knie. »Lass uns mal einen Blick hineinwerfen. Halt mal die Lampe!«

Rufus zog an dem versenkbaren Griff. Er brauchte sich gar nicht besonders anzustrengen, um die metallene Klappe anzuheben – und dann hielten die Jungen verblüfft die Luft an. Was sollte das denn?

»Ich hab ja mit allem gerechnet«, murmelte Till und kniete sich ebenfalls hin, »aber nicht mit dem hier! Lego, Puppen, Teddybären, Playmobil . . . Das ist alles noch originalverpackt.« Till hob eine Hörspiel-CD hoch. »Weihnachtsmärchen für Kinder! – Wahnsinn, das ist Diebesbeute. Aber wer klaut denn Kuscheltiere?«

»Das passt doch überhaupt nicht. Ich schätze mal, die drei Typen eben sind mindestens so alt wie wir. Die klauen doch eher Spielkonsolen, Laptops, MP3-Player und solche Sachen. Das hier ist doch total unlogisch.« Rufus leuchtete nun auch in die hinteren Ecken der Bodenvertiefung. »Siehst du das?

Da sind auch noch Schokoweihnachtsmänner, Plätzchen und Gummibärchen. Glaubst du, die wollen das ganze Zeug hier verkaufen? Aber dann hätten sie doch die Preisschilder nicht abgemacht!«

»Vielleicht wollen sie die Sachen verschenken«, gab Till zu bedenken. »Aber erst stehlen und dann verschenken? Das passt irgendwie nicht zusammen. Eins ist jedenfalls klar, Partner: Wir sind hier in einen äußerst rätselhaften Kriminalfall hineingeraten. Wir sollten unbedingt Fotos von dem Fund machen und nach weiteren Spuren suchen!«

Rufus leuchtete mit beiden Stablampen das geheime Lager mit der Diebesbeute aus, damit Till mit seinem Handy die Beweise filmen und fotografieren konnte. Sie ließen alles so, wie sie es vorgefunden hatten. Wieder gab es einen Knall, als sie die Klappe zufallen ließen. Sie legten auch die Eisenteile zurück, sodass alles wie vorher aussah. Nichts durfte darauf hinweisen, dass das Geheimversteck entdeckt worden war. Dann verließen sie hastig das verfallene Haus.

»Eine von den drei Gestalten hatte so komische Fellstiefel an«, sagte Rufus, als sie wieder auf der Straße waren. »So eine Art Eskimoschuhe. Ich bin mir sicher, dass ich diese Boots schon mal gesehen hab.«

Führt diese Beobachtung die Jungen auf eine heiße Spur? Lies morgen weiter!

5. Dezember

Das Kribbeln im Nacken

Paula saß im Umkleideraum neben der Sporthalle. Sie war eine der Letzten, aber das störte sie nicht weiter. So hatte sie wenigstens mal ihre Ruhe. Heute hatte in der Sportstunde Geräteturnen auf dem Plan gestanden. Das mochte sie überhaupt nicht. Leichtathletik, Schwimmen, Volleyball: das waren ihre Disziplinen, da war sie gut. Aber die kamen erst wieder im Sommer dran. Trotzdem hatte sie sich am Stufenbarren und an den Ringen Mühe gegeben, denn sie wollte unbedingt wieder eine Eins in Sport auf dem Zeugnis haben.

Aber jetzt war sie ganz schön k. o. Sie schnürte ihre grauen Fellstiefel zu. Die hatte sie vor zwei Wochen von Oma Toni zum Geburtstag bekommen. Die sahen wirklich edel aus mit ihren roten Zierstreifen an den Seiten und dem grauen Fell. Es war natürlich kein echtes Fell, sah aber ziemlich echt aus – wie das einer Robbe. Genauso wie es die Eskimos trugen, so hatte es ihr Oma Toni erklärt. Paula war richtig vernarrt in die warmen Boots, sie wollte sie am liebsten gar nicht mehr ausziehen.

»Paula, trödel doch nicht immer so!«, rief Kerstin und schwang sich ungeduldig ihre Sporttasche über die Schulter. »Ich muss mir den Text von unserem Weihnachtssong noch mal anschauen. Ich bleib immer bei der gleichen Stelle hängen und bis zur Deutschstunde muss es sitzen.« Sie räusperte sich und begann zu rappen: »Weihnachtsmann und Weihnachtsfrau / tanzen auf uns're Weihnachtsschau / Sie bringen Säcke voll Geschenke / sodass sie bald platzen, unsere Schränke . . .« Sie kicherte. »Völlig bescheuert!«

»Stimmt.« Paula bückte sich, um die Schuhe weiter zuzubinden. »Ist auch nicht besonders witzig, was ihr euch da ausgedacht habt. Ich meine . . .«

Kerstin winkte ab. »Red nicht so viel und beeil dich lieber!«

»Ich komm ja schon!«, lachte Paula.

Die beiden Mädchen eilten über den Schulhof und brachten ihre Sportsachen ins Klassenzimmer. Die Pause hatte schon begonnen, doch viele ihrer Mitschüler waren noch in dem Raum. Kerstin schnappte sich das Gedicht und zusammen suchten sie in der Aula eine ruhige Ecke. Trotz des Lärms versuchte Kerstin, sich auf den Song zu konzentrieren, denn auf der Weihnachtsfeier der Jahrgangsstufe wollte sie dieses Gedicht als Rap vortragen, dazu sollten drei Mitschüler einen Breakdance hinlegen.

Paula beobachtete das Treiben. Der Kiosk in der Eingangshalle wurde wie immer fast überrannt. Ein paar Schülerinnen aus der Oberstufe verkauften hier im Rahmen eines Schulprojekts zur gesunden Ernährung Snacks und Getränke. Paula hasste dieses Gedrängel. Sie nahm ihr Käsebrot aus der Plastikdose und schlenderte hinaus auf den Hof.

Die Kälte trieb ihr Tränen in die Augen. Sie schaute sehnsüchtig zu den dunklen Wolkenschleiern hinauf und fragte sich, wann es endlich schneite. Warum fiel denn nicht endlich Schnee? Ein paar Jungen aus der Fünften kickten einen Tennisball umher, unter den kahlen Platanen standen ein paar kleine Gruppen, die lebhaft diskutierten, und hinter den Müllcontainern wurde heimlich geraucht. Ihr Französischlehrer, Herr Geucke, hatte Aufsicht, aber er nahm es nicht so genau.

Plötzlich spürte Paula ein Kribbeln im Nacken, es fühlte sich an wie eine unerwartete Berührung oder ein unangenehmer Luftzug. Wurde sie etwa beobachtet? Ach Quatsch, das bildete sie sich doch bloß ein. Wer sollte denn Interesse an ihr haben? Sie versuchte, das unangenehme Gefühl zu ignorieren. Ganz locker bleiben!, redete sie sich Mut zu. Doch die Neugier wuchs.

Hatten sie bei ihren Aktionen etwa doch einen Fehler gemacht?, schoss es Paula durch den Kopf. Nein, das konnte nicht sein, es hatte immerhin zweimal geklappt. Wer sollte sie denn verdächtigen? Sie waren doch maskiert gewesen.

Play

Trotzdem schrillte eine Sirene in ihrem Gehirn. Paula versuchte, Ruhe zu bewahren, sie schluckte den Rest ihres Käsebrotes hinunter und setzte sie sich in Bewegung. Langsam ging sie auf den Fahrradschuppen zu, als wäre ihr langweilig. Einfach nicht dran denken! Vielleicht war es ja das Schuldgefühl, das sie so beunruhigte.

Zwei Mädchen mit Kopfhörern in den Ohren sprangen ihr plötzlich in den Weg und rempelten sie an. Das war die Gelegenheit, sich umzudrehen. »Blöde Kühe!«, schrie Paula den Mädchen nach, während sie ihren Blick umherschweifen ließ. Am anderen Ende des Schulhofes fiel ihr ein Junge auf, der in ihre Richtung schaute.

Hastig drehte sich der Junge zur Seite, als fühlte er sich ertappt, doch Paula hatte ihn erkannt: Es war Rufus aus der Parallelklasse. Verwirrt lief Paula weiter und huschte dann um die Ecke des Fahrradschuppens. Hier war ihr Treffpunkt. Auf Kerstin brauchte sie nicht lange zu warten. Sie kam, den Song vor sich hin murmelnd, angelaufen. »Okay, ich hab den Text jetzt drauf. Ist Hassan noch gar nicht da?«

»Da kommt er schon«, sagte Paula, die um die Ecke gelinst hatte. Hassan in seiner weißen Wolljacke und der dunkelbraunen Steppweste schlängelte sich gerade durch einen Pulk von Sechstklässlern.

Als er endlich bei den beiden Mädchen ankam, zog er eine Seite der aktuellen Tageszeitung aus der Westentasche und faltete sie auseinander. »Hier! Habt ihr das schon gesehen? Wir sind in der Zeitung! Ganz groß mit Foto.«

Neugierig, aber auch mit einem unguten Gefühl, starrten Kerstin und Paula auf das unscharfe Foto. Es zeigte drei Gestalten mit Zipfelmützen und Masken, die beladen mit Gegenständen das Geschäft fluchtartig verließen. Die Überschrift des Artikels lautete:

DIE WICHTELBANDE SCHLÄGT WIEDER ZU!

»Das Bild stammt von einer Überwachungskamera«, erklärte Hassan. »Seht ihr, da rennen wir gerade aus der Süßwarenabteilung.« Er kicherte. »Ihr braucht keine Angst zu haben. Man kann gar nichts erkennen.«

Paula wurde nervös. »Wir sollten die Aktion abblasen. Es wird zu gefährlich«, sagte sie ängstlich. »Ich werde heimlich beobachtet. Und außerdem hab ich ein schlechtes Gewissen.«

»Das habe ich auch«, gab Kerstin zu, »aber wir stehlen die Sachen ja nicht für uns, sondern für eine gute Sache. Deshalb können wir jetzt auch nicht aufgeben. Und wer soll das denn sein, der dich heimlich beobachtet.«

»Rufus aus der C. Der hat immer eine karierte Daunenjacke an.«

Hassan grinste. »Wahrscheinlich ist er in dich verknallt und beobachtet dich deshalb.«

Paula spürte, dass sie ein bisschen rot wurde. »Blödsinn! Der hat ganz merkwürdig geschaut. Irgendwie so . . . so als wüsste er etwas.«

»Du spinnst doch, Paula!« Hassan tippte sich an die Stirn. »Von einem komischen Blick lassen wir uns doch jetzt nicht abschrecken. Nur noch eine Aktion. Die ziehen wir auch noch durch. Wir brauchen doch noch Klamotten. Ich hab schon den richtigen Laden gefunden. Das *Steckenpferdchen.«*

Der Gong verkündete das Ende der Pause. »Also, wie immer um fünf am Treffpunkt!«, sagte Hassan und verließ als Erster das Versteck.

Was für eine letzte Aktion planen die drei?
Lies morgen weiter!

6. Dezember

Wichtelalarm

Als die Pause vorbei war, ließen Till und Rufus sich vom Strom der Schülerinnen und Schüler zurück ins Schulgebäude treiben. Aufgeregt berichtete Rufus von seinen Beobachtungen. Er sei sich hundertprozentig sicher, dass Paula Kowalski in diesen Fellstiefeln steckte, die er aus dem Fass heraus gesehen hatte.

»Meinst du nicht, dass auch andere solche Stiefel tragen«, gab Till zu bedenken. »Es wird sich wohl kaum um eine Sonderanfertigung handeln. Keine vorschnellen Schlüsse, Partner!«

Aber Rufus ließ den Einwand nicht gelten. »Ich hab mir sämtliche Füße auf dem Schulhof angeschaut. Solche Winterboots hat an unserer Schule bloß Paula. Und von der Körpergröße her klappt es auch. Ich sag dir, sie gehört zu dieser Bande aus dem Keller! Als ich sie angeschaut habe, ist sie zusammengezuckt, als hätte ich sie ertappt.«

Till war noch immer skeptisch. »Woher willst du denn wissen, dass die Typen aus dem Keller an unserer Schule sind?«

»Es geht doch noch weiter!« Rufus fasste Till am Ärmel. »Ich hab mich sofort weggedreht und so getan, als ob nichts war, aber aus der Ferne hab ich Paula im Auge behalten. Und jetzt kommt's! Paula ist hinter den Fahrradschuppen geschlüpft und ein paar Sekunden später ist ihr Kerstin gefolgt. Die ist in derselben Klasse wie Paula. Und dann ist auch noch Hassan aufgetaucht. Der aus der Achten mit der weißen Wolljacke und der Steppweste. Das passt doch: drei Leute! Genau wie im Keller.«

»Jetzt wird's interessant«, stimmte Till seinem Freund zu. »Es könnte ein konspiratives Treffen gewesen sein.«

Konspiratives Treffen! Rufus war ein bisschen sauer, weil ihm dieser tolle Begriff nicht eingefallen war. Deshalb knurrte er nur: »Genau, das war mit Sicherheit ein geheimes Treffen. Die planen wieder was.«

»Ich frage mich, wieso Hassan mit den beiden Mädchen unter einer Decke steckt. Was verbindet die drei? Und wieso klauen die Spielzeug und Süßigkeiten? – Rufus, wir müssen Paula observieren! Es ist unsere Aufgabe als Detektive, diesen Fall zu knacken. Komm gleich nach dem Mittagessen zu mir, dann legen wir uns auf die Lauer und . . .«

Weiter kam Till nicht, denn Frau Größe-Westrup, ihre Mathematiklehrerin, näherte sich mit stampfenden Schritten. Das konnte nichts Gutes heißen. Die Jungen huschten schnell ins Klassenzimmer und setzten sich auf ihre Plätze. Und tatsächlich. Frau Größe-Westrup ließ die Schüler einen Test schreiben, was große Unruhe in der Klasse auslöste. Die meisten fanden das unfair, so kurz vor Weihnachten.

Dafür lief es für Till in Englisch in der sechsten Stunde besser. Er legte sich mächtig ins Zeug und machte eifrig mit, die komplizierten Vokabeln für das nächste Kapitel von *The Treasure Hunt* im Wörterbuch nachzuschlagen. Der Domspatz nickte ihm anerkennend zu. Und so eilte Till nach Schulschluss mit einem guten Gefühl im Bauch nach Hause, wo er nur Georg antraf.

Er war aufgeregt und blass um die Nase, weil er in einer Stunde zu einem Vorstellungsgespräch musste. Wenn alles klappte, konnte er seine Ausbildung in einem anderen Betrieb fortsetzen. Till setzte sich zu ihm in die Küche und ließ sich die Bratwürstchen schmecken, die ihre Mutter vorbereitet hatte. Sie waren schon fast kalt, aber mit viel Senf schmeckten sie immer noch.

»Lies das mal!« Georg legte Till den Lokalteil der Tageszeitung vor die Nase. »Da haben sich ein paar Spinner als Weihnachtswichtel verkleidet und Spielsachen und Süßigkeiten geklaut. Das ist doch komisch, oder? Ich dachte, die basteln Geschenke in ihrer Weihnachtswerkstatt.« Er grinste seinen

Play

Bruder an. »Die Polizei meint, dass es sich um Jugendliche handelt. Ich frag mich, warum die das machen.«

Till schaute auf die Überschrift: *Die Wichtelbande schlägt wieder zu.* Dann betrachtete er lange das Foto, das darunter abgebildet war. Es war ziemlich unscharf, doch Till konnte ganz deutlich die Zipfelmützen und die falschen Rauschebärte erkennen. So wie es aussah, trugen sie Masken! Und noch etwas fiel Till auf. Einer der Räuber trug Stiefel, an denen etwas baumelte. Das mussten Paulas Fellstiefel sein, da war Till sich ganz sicher.

Hastig überflog er den Artikel. Vorgestern waren die Wichtel also in einen Spielwarenladen eingedrungen und gestern hatten sie ihren Raubzug in der Süßwarenabteilung vom Supermarkt fortgesetzt. Blitzschnell sei das in beiden Fällen geschehen, stand in der Zeitung, das Personal habe keine Chance gehabt, die Diebe zu fassen. Till grinste in sich hinein. Was niemandem bisher gelungen war, hatte er geschafft. Er war den drei Unbekannten auf die Schliche gekommen und hatte sogar Beweismaterial gegen sie gesammelt! Nun hieß es nur noch, die Wichtelbande auf frischer Tat zu überführen.

Kurz nachdem Georg gegangen war, erschien Rufus. Till hielt dem Freund den Artikel vor die Nase, doch der winkte nur lässig ab, denn auch er hatte zu Hause die Zeitung gelesen. Und er hatte auch schon mit den weiteren Ermittlungen begonnen.

»Hör zu, Till! Während du hier Würstchen gefuttert hast, hab ich schon mal im Internet recherchiert. Wir haben uns doch gefragt, was Hassan und die beiden Mädchen miteinander zu tun haben. Ich hab's rausgefunden!«

»Jetzt spiel dich doch nicht so auf«, meckerte Till, »und spuck es schon aus!«

Rufus ließ sich lässig im Stuhl zurückfallen und verschränkte die Arme. Er genoss es, seinen Freund zappeln zu lassen. Doch dann rückte er endlich mit der Sprache heraus: »Hassan

Karem, Kerstin Vallböhmer und Paula Kowalski wohnen alle im selben Haus in der Viehhofer Straße 13. Das ist nördlich vom Busbahnhof.«

»Das vereinfacht unseren Einsatz«, sagte Till und sprang aufgeregt auf. »Dann brauchen wir bloß ein einziges Haus zu observieren und haben gleich die ganze Bande im Blick. Los, Partner, wir dürfen keine Zeit verlieren!«

Es war bitterkalt, als Till und Rufus zum Busbahnhof eilten, und die Luft brannte eisig auf der Haut. Weihnachtsgirlanden mit bunten Lichterketten schaukelten quietschend im Wind und die Leute liefen hektisch und voll beladen mit Tüten durch die Fußgängerzone. Schon bald erreichten die Jungen die Nordstadt. Hier waren nur noch wenige Passanten unterwegs.

Das Haus mit der Nummer dreizehn in der Viehhofer Straße fanden sie schnell. Es war ein altmodischer Backsteinbau, der aussah, als ob er er früher einmal ein Schulgebäude oder ein Kindergarten gewesen war. Im Hochparterre befand sich eine Arztpraxis. Auf dem Messingschild neben der Haustür stand: *Dr. Raya Karem – Kinderärztin.* Und auf den drei Namensschildchen neben den Klingelknöpfen war von unten nach oben zu lesen: *Karem privat, Kowalski, Vallböhmer.*

Rufus rieb sich die kalte Nase. »Okay, da wären wir. Suchen wir uns ein Versteck auf der anderen Straßenseite!«

Wird die Wichtelbande ein drittes Mal zuschlagen?
Lies morgen weiter!

7. Dezember

Detektive müssen geduldig sein

Die Gegend wirkte ziemlich düster und heruntergekommen. Die Häuser waren grau, es gab kaum Läden und nur vereinzelt hing Weihnachtsschmuck in den Fenstern. Nur wenige Autos parkten in der Viehhofer Straße. Diese Trostlosigkeit passte zum Wetter. Obwohl es erst früher Nachmittag war, brannte in vielen Wohnungen schon das Licht. Es war den ganzen Tag über nicht wirklich hell geworden und man hatte den Eindruck, es würde schon dämmern.

Rufus und Till hatten auf der gegenüberliegenden Straßenseite in einem Hauseingang ihren Beobachtungsposten bezogen. Die Praxis der Kinderärztin war hell erleuchtet, das Wartezimmer nebenan schien überfüllt zu sein. Hin und wieder verließ jemand das Haus, immer wieder kamen neue Patienten. Bei dem Wetter war es aber auch kein Wunder, dass so viele krank waren.

»In der Praxis ist ja ganz schön was los«, sagte Till und hüpfte auf der Stelle, um seine eiskalten Füße wieder aufzuwärmen. »Raya Karem ist bestimmt Hassans Mutter«, überlegte er laut.

Rufus versuchte, sich mit Kniebeugen warm zu halten. »In den oberen Etagen ist zwar Licht zu sehen, aber was ist, wenn die drei gar nicht mehr da und schon längst auf Diebestour sind, während wir uns hier alles abfrieren?«

Till schüttelte den Kopf. »Unwahrscheinlich. Die Mädchen und Hassan müssen sich doch ganz vorsichtig und unauffällig verhalten. Die warten sicher, bis es dunkel ist. Ich wette, dass die da drüben gemütlich zusammensitzen. Du siehst doch, in allen Stockwerken brennt Licht. Mir bereitet was ganz anderes Bauchschmerzen.«

»Was denn? Hast du Blähungen von deinen Würstchen?«

»Blödsinn!« Till verpasste seinem Freund einen Boxhieb auf

den Oberarm. »Ich überleg nur, wie wir am besten vorgehen sollten.«

Rufus schob sich die Mütze aus der Stirn.

»Wäre es nicht klüger . . .«, druckste Till herum, »wäre es nicht klüger, wenn wir die Wichtelbande wissen lassen würden, dass wir ihr Versteck gefunden haben, und sie dann daran hindern, noch einmal zuzuschlagen?«

»Das hatte ich mir auch schon überlegt!«, gestand Rufus. »Aber um sichere Beweise in der Hand zu haben, ist es besser, wenn wir sie auf frischer Tat ertappen.«

»Du hast recht«, gab Till nach kurzem Überlegen zu und schlug die Hände gegeneinander. »Wenn wir sie auf frischer Tat ertappen, sind die Beweise eindeutig und sie können sich nicht mehr rausreden.«

»Genau. Und außerdem können wir so aus ihnen rausquetschen, warum sie all die Sachen stehlen.«

»Vielleicht planen sie ja gar keinen Überfall mehr«, gab Till zu bedenken, »vielleicht ist das Spiel längst gelaufen und wir verplempern hier bloß unsere Zeit. Und anstatt hier zu frieren, könnte ich endlich den König für Oma basteln oder . . .«

Rufus winkte ab. »Geduld ist die wichtigste Eigenschaft eines Detektivs.«

Hätte er gewusst, wie viel Geduld sie bräuchten, hätte Rufus vielleicht nicht so rumgetönt. Die Zeit schien einfach nicht zu vergehen. Irgendwann ging das Licht der Straßenlaterne an, aber in der Praxis der Kinderärztin herrschte unvermindertes Treiben. In der ganzen Zeit kam auf ihrer Straßenseite aber nur eine alte Frau in geblümtem Wintermantel und mit einer grünen Strickmütze auf dem weißen Haar entlanggehumpelt. Sie zog einen Hund hinter sich her, der aussah wie ein geschrumpfter Löwe. Argwöhnisch beäugte die alte Dame die beiden Jungen, die im Hauseingang herumhüpften. Sie murmelte auch irgendetwas, doch das konnten Rufus und

Play

Till nicht verstehen. Danach war es lange Zeit wieder ruhig. Aber dann!

Plötzlich trat Paula aus dem Backsteinhaus mit der Nummer dreizehn. Hastig duckten die Jungen sich in den dunklen Schatten. Sie konnten sehen, dass Paula unsicher die Straße entlangschaute und dann entschlossen in Richtung Innenstadt schlenderte. Sie hatte wieder die Eskimostiefel an und unter dem rechten Arm trug sie etwas. Im Licht der Straßenlaterne war es aber nicht so richtig zu erkennen.

»Paula ist allein«, flüsterte Rufus enttäuscht, »wahrscheinlich geht sie bloß einkaufen.«

»Ich schätze, das ist ein Trick«, widersprach Till. »Sie gehen einzeln, um nicht aufzufallen. Auf ein Dreiergrüppchen achten die Leute eher, aber eine einzelne Person wird schon mal übersehen. Ich würde ja zu gerne wissen, was die vorhaben.«

»Und was sollen wir jetzt tun?«

»Wir müssen uns trennen. Du bleibst Paula auf den Fersen, ich warte hier, ob Kerstin und Hassan sich auch auf die Socken machen. Wir bleiben über Handy in Verbindung.«

Als Rufus gerade um die Ecke verschwunden war, rief Till ihm mit gedämpfter Stimme hinterher. »Du musst unsichtbar sein. Paula darf dich auf keinen Fall entdecken!«

Rufus drehte sich um und winkte lässig ab. Als ob ausgerechnet er solche Ermahnungen brauchte! Unbemerkt eine Person zu beschatten, das war doch seine Spezialität. Und so folgte er dem Mädchen mit den Eskimostiefeln in entsprechendem Abstand durch die Stadt. Geschickt wechselte er hin und wieder die Straßenseite, tauchte hinter Autos ab und versteckte sich hinter Passanten mit prall gefüllten Einkaufstüten. Er ließ Paula nicht eine Sekunde aus den Augen.

An einer Fußgängerampel, die gegenüber einer Tankstelle lag, wurde sie schließlich langsamer. Um diese Zeit war es hier besonders hektisch, denn der Feierabendverkehr hatte begonnen und viele tankten noch einmal, bevor sie heimfuhren. Rufus wunderte sich, was Paula hier wollte. Aber als sie nicht den Tankshop betrat, sondern an der Waschstraße vorbei auf die Rückseite des flachen Gebäudes schlüpfte, war Rufus klar, dass hier der geheime Treffpunkt sein musste. Er wartete ein paar Sekunden, dann folgte er Paula zum nur schwach beleuchteten Hinterhof. Er blieb im Schatten an der Ecke stehen und schaute sich um. Ein paar Autos waren in einer Reihe abgestellt. Es schienen Gebrauchtwagen zu sein, die wohl zum Verkauf in der angeschlossenen Werkstatt hergerichtet werden sollten.

Paula aber war nirgends zu sehen.

Rufus spürte, dass sie sich ganz in der Nähe zwischen den Autos versteckt hatte. Jetzt nur keinen Fehler machen! Er quetschte sich hinter einen Reifenstapel und wartete. Er zuckte zusammen, als plötzlich auch Kerstin im Kapuzenmantel von der Waschstraße hergehuscht kam und zielstrebig zwischen zwei Autos verschwand. Mit Hassan, der zwei Minuten später erschien, hatte Rufus hingegen schon gerechnet. Die drei planten also doch noch etwas!

Plötzlich tauchte Till neben Rufus auf. Er schob sich neben ihn in das Versteck. »Hier ist also ihr geheimer Treffpunkt«, flüsterte er aufgeregt.

Was haben die drei vor?
Lies morgen weiter!

8. Dezember

Großes Geschrei

Wieder spürte Paula das Kribbeln im Nacken, als sie das Haus verließ. Sie schaute über ihre Schulter, konnte aber nichts Ungewöhnliches erkennen. Gewiss bildete sie sich nur ein, dass sie beobachtet wurde. Das lag bestimmt daran, dass sie nervös war und Angst hatte, erwischt zu werden. Reiß dich zusammen, Paula, sprach sie sich selbst Mut zu. Woher sollte denn Rufus oder jemand anderes wissen, was sie vorhatten. Sie musste nur noch diese eine Aktion durchstehen. Dann war es geschafft! Sie lief weiter, ohne sich noch einmal umzudrehen.

Bald hatte Paula die Fußgängerampel vor der Tankstelle erreicht. Sie schlängelte sich zwischen den Autos durch, die alle darauf warteten, endlich an eine Zapfsäule zu kommen. Niemand beachtete das Mädchen, als es sich an der Waschstraße vorbei zur Rückseite der Tankstelle schlich. Paula verschwand in der Dunkelheit zwischen den Gebrauchtwagen und huschte hinter den Werkstattschuppen, in dem um diese Zeit niemand mehr arbeitete. Der schwache Lichtschein der Lampe vom Flachdach der Tankstelle reichte kaum bis hierher.

Nur wenige Minuten musste Paula im Versteck hinter der Werkstatt warten. Dann zwängte sich auch schon Kerstin durch die Autoreihen.

»Hassan ist dicht hinter mir«, sagte Kerstin leise. »Ich glaube nicht, dass uns irgendjemand bemerkt hat. – Da ist er ja.«

Der dünne Junge stand plötzlich neben den Mädchen. »Alles klar? Ist euch jemand gefolgt?«, rief er ihnen mit gedämpfter Stimme entgegen. Die Mädchen schüttelten den Kopf.

»Dann kann es ja losgehen. Wie immer, wir laufen hintereinander mit kleinem Abstand. Erst ich, dann Kerstin und danach Paula. Und wenn ich dann vor dem Laden das Kommando gebe . . .«

»Ja, ja, wir machen das nicht zum ersten Mal«, unterbrach Kerstin den Jungen genervt. »Du brauchst dich gar nicht so aufzu. . .«

»Hey, macht nicht so einen Lärm?«, mischte Paula sich ein. »Sonst werden wir schon hier erwischt. Irgendwie hab ich ein ungutes Gefühl. Ich . . . ich meine, findet ihr nicht auch, dass wir schon genug Sachen haben? Müssen wir diese Aktion überhaupt noch durchführen?« Sie nagte nervös auf ihrer Unterlippe. Wurden die anderen beiden denn nicht auch von ihrem schlechten Gewissen geplagt?

Hassan traute seinen Ohren nicht. »Wir ziehen das jetzt durch. Uns wird schon niemand erwischen. Und außerdem machen wir das doch nicht für uns. Schon vergessen?«

»Ja, ja, ich weiß«, flüsterte Paula. »Aber ich habe trotzdem ein schlechtes Gewissen.« Aber sie konnte ihre Freunde jetzt auch nicht im Stich lassen. »Also los, bringen wir es hinter uns.«

Das ließ Hassan sich nicht zweimal sagen. Bevor Paula es sich anders überlegen konnte, machte er sich auf den Weg. Die beiden Mädchen folgten ihm.

Schnell schlängelten sie sich zwischen den parkenden Autos durch und waren auf der Vorderseite der Tankstelle, wo sie an den wartenden Leuten vorbeihuschten. Hassan führte sie durch die Fußgängerzone, in der die Leute sich mit ihren Weihnachtseinkäufen drängelten. Hunderte von Lämpchen in Tannengirlanden und geschmückte Weihnachtsbäumchen in den Schaufenstern und Weihnachtslieder aus unsichtbaren Lautsprechern sollten Weihnachtsstimmung verbreiten. Doch das nahmen die drei Jugendlichen überhaupt nicht wahr.

Bald schon hatten sie den Laden für Kindermoden erreicht. Ein rosarotes Schild verkündete den Namen: *Steckenpferdchen. Mode für unsere Kleinen.*

Play

Sie hielten in einer dunklen Gasse in der Nähe des Ladens und zogen gelbe Müllsäcke aus ihren Taschen, die sie sich überstülpten. Für Kopf und Arme hatten sie vorher Löcher geschnitten. Dann setzten sie sich Wichtelmasken und Zipfelmützen auf.

»Also los!«, presste Hassan durch die Zähne.

Auf sein Kommando rannten sie über die Straße und stürmten in das Geschäft für Kindermode. Zunächst reagierte niemand. Die Kunden waren so erschrocken, dass sie den drei vermummten Gestalten nur zuschauten. Als sich der erste Schock gelegt hatte, fingen einige Mütter an zu schreien. Kinder weinten. Die zwei Verkäuferinnen lösten sich allmählich aus ihrer Starre und schrien um Hilfe, während sie versuchten, die drei Eindringlinge festzuhalten.

Paula griff wahllos in die ausgelegten Stapel Wollpullover, Jäckchen und Strampler. Es war ihr egal, was sie erwischte, Hauptsache es ging schnell. Sie wich atemlos den nach ihr greifenden Händen aus und folgte Kerstin und Hassan, die bereits die Tür erreicht hatten. Die drei Wichtel stoben fluchtartig hinaus ins Freie.

»Haltet sie!«, schrie die Verkäuferin, deren Pullover so pink war wie fast alles in diesem Laden. »Lasst sie nicht entkommen!« Resolut stürzte sie den Dieben hinterher, doch an der Ladentür stieß sie mit zwei Kundinnen zusammen und geriet ins Stolpern.

»Komm schon!« Kerstin wartete auf ihre Freundin, die etwas langsamer war. »Nix wie weg!«

Paula stopfte die Beute während des Laufens unter die Plastiktüte und rannte und rannte. Ein Mann in blauem Overall, der eine Leiter unter dem Arm trug, schien die Situation begriffen zu haben und stellte sich den Maskierten in den Weg. Aber die drei Jugendlichen waren zu flink für ihn und umkurvten ihn, einer rechts und zwei links, sodass er gar nicht wusste, wen er zuerst packen sollte. Auch andere Passanten blieben verdutzt stehen, griffen jedoch nicht ein. Das Geschrei der Verkäuferinnen aus dem *Steckenpferdchen* war noch lange zu hören und kurze Zeit später jaulte auch eine Polizeisirene.

Kerstin, Hassan und Paula bekamen davon aber nichts mehr mit. Sie hatten sich längst getrennt und waren in verschiedene Richtungen geflohen. So wollten sie etwaige Verfolger irritieren. Paula keuchte schwer, als sie nach einigen Minuten in eine kleine Gasse einbog und erleichtert feststellte, dass ihr niemand auf den Fersen war. Sie wechselte ins Schritttempo, denn ihr Herz klopfte wie wild und sie hatte Seitenstechen. Dennoch war sie einfach nur glücklich, dass der Spuk endlich vorbei war.

Sie nahm die Maske ab und zog den Müllsack aus, in den sie nun die Kleider stopfte. Gut verschnürt warf sie ihn sich über die Schulter und machte sich auf den Weg zurück zu ihrem Treffpunkt an der Tankstelle.

Fast gleichzeitig mit Hassan und Kerstin kam Paula dort an. Als sie sie sah, fiel die Anspannung der letzten Stunden von ihr ab und sie war einfach nur froh, ihre Freunde zu sehen. Sie fielen sich in die Arme und begannen zu lachen und zu tanzen. Sie konnten gar nicht mehr aufhören.

Endlich beruhigte Paula sich wieder. »Geschafft!«, stieß sie kichernd hervor. »Das war unser letzter Auftritt. Wow, der Plan hat funktioniert.«

»Und jetzt?«, fragte Kerstin und rieb sich die kalten Hände.

Hassan grinste von einem Ohr zum anderen. »Jetzt bringen wir die Klamotten ins Versteck. Und bald ist Bescherung!«

War das wirklich der letzte Auftritt?
Lies morgen weiter!

9. Dezember

Das fürchterliche Erschrecken

Rufus und Till beobachteten, wie Hassan, Kerstin und Paula den Hinterhof der Tankstelle verließen und in Richtung Innenstadt gingen. Sie bemerkten sofort, dass die drei was im Schilde führten.

»Der Trick ist doch billig«, lästerte Till, »die haben was geplant. Das sieht doch jeder Blinde mit Krückstock.«

»Genau, wie wir es vorausgesehen haben. Wir dürfen sie jetzt bloß nicht verlieren.« Als auch Paula um die Ecke gebogen war, sprang Rufus hinter dem Reifenstapel hervor und nahm die Verfolgung auf.

Till musste sich sputen, um an seinem Freund dranzubleiben. »Nicht so hastig«, versuchte er, ihn zu bremsen. »Wir lassen ihnen ein paar Meter Vorsprung, die entwischen uns schon nicht. Falls Paula sich umdreht . . .« Doch Rufus war schon bis zur Ecke der Tankstelle gelaufen und duckte sich in den Schatten.

»Mann, wieso hast du es so eilig?« Till hatte ihn eingeholt. »Wir dürfen nicht riskieren, dass sie uns . . .«

Wieder brachte Till seinen Satz nicht zu Ende, denn Rufus lief bereits entschlossen weiter. Die Gefahr, entdeckt zu werden, war zwar nicht groß, aber Till wollte lieber auf Nummer sicher gehen. Doch ihm blieb nichts anderes übrig, als seinem Freund zu folgen.

Stumm liefen sie nebeneinanderher und schlängelten sich an den Passanten vorbei. Immer den Blick auf Paulas Rücken geheftet, die einige Meter vor ihnen lief.

In der Fußgängerzone herrschte ein Gewimmel wie in einem Ameisenhaufen. Es schien, als ob Geschenkeeinkaufen zur olympischen Disziplin erklärt worden wäre, und jeder versuchte, sich zu qualifizieren. Till und Rufus hatten hier große Mühe, Paula nicht zu verlieren. Sie versteckten sich immer wieder hinter Leuten, die mit Taschen und Tüten beladen waren, um ja nicht entdeckt zu werden.

Und plötzlich waren Hassan, Kerstin und Paula wie vom Erdboden verschwunden. Als hätten sie sich in Luft aufgelöst.

»Die Seitengasse!« Rufus zog seinen Freund unter das Vordach eines Uhrengeschäftes. »Sie haben sich in die Seitengasse verdrückt.«

Dann zeigte er auf ein pinkfarbenes Schild auf der anderen Seite der Gasse, auf dem *Steckenpferdchen* zu lesen war. »Denkst du auch, was ich denke?«

»Logo!« Till hatte schon sein Handy aus der Tasche gezogen und war bereit zum Filmen. »Das passt doch perfekt ins Muster. Zuerst Spielsachen, dann Süßigkeiten – und jetzt klauen sie Klamotten für Kinder.« Till kicherte leise. »Aber wie wollen sie das machen?«

Auf die Antwort mussten sie nicht lange warten. Wie drei geölte Blitze huschten plötzlich drei Wichtel aus der dunklen Gasse an ihnen vorbei und stürmten den Laden.

»Los, du musst filmen!«, rief Rufus seinem Partner zu.

»Läuft doch schon längst. Ich hab alles im Kasten«, lachte Till und konnte den Blick gar nicht vom Bildschirm seines Handys lösen. Sie beobachteten, wie Klamotten durch die Gegend flogen, schreiende Verkäuferinnen umhersprangen und die hastige Flucht der drei Diebe: In weniger als zwei Minuten war der Spuk vorbei.

Rufus staunte. »Die haben sich einfach Müllbeutel, Masken mit Rauschebart und Zipfelmützen angezogen und schon erkennt man sie nicht mehr. Echt clever. Hast du alles gefilmt?«

»Hab ich. – Mist, die türmen in verschiedene Richtungen! Wen sollen wir denn jetzt verfolgen?«

»Keinen!«, sagte Rufus. »Wir wissen doch, wo wir die drei in Empfang nehmen können.«

»Hä?« Till stand auf der Leitung.

Play

Rufus tippte seinem Partner auf die Stirn. »Denk doch mal nach! Wohin schaffen die wohl ihre Beute?«

»Zu ihrem Geheimversteck natürlich.« Till schlug sich vor die Stirn. »Ist doch logisch.«

Inzwischen gab es einen ordentlichen Tumult vor dem Geschäft. Die Polizei hatte mit kreischender Sirene den Tatort erreicht und versuchte nun, die aufgeregten Verkäuferinnen und empörten Kundinnen zu beruhigen. Immer wieder hörte man Sätze wie: »Unerhört! Jetzt werden schon die Weihnachtswichtel zu Dieben. In was für Zeiten leben wir denn?« Das Geschrei wurde immer schriller.

Till und Rufus hatten genug gesehen und machten sich auf den Weg zum ehemaligen Gewerbegebiet.

Außer Atem, aber voller Spannung kamen die beiden Jungen dort an. Wie in einer ausgestorbenen Goldgräberstadt aus dem Wilden Westen lagen die leeren und dunklen Häuser vor ihnen. Die weihnachtlich hell erleuchtete Innenstadt mit all ihren fröhlichen und hektischen Geräuschen hatten sie längst hinter sich gelassen. Hier war nur gruseliges Rascheln in dunklen Ecken und klagendes Gurren von Tauben zu vernehmen und der Wind heulte durch die schwarzen Fensterhöhlen. Rufus und Till schauderten.

»Glaubst du, sie sind schon da?«, fragte Till mit zittriger Stimme. Sein Detektivmut schrumpfte ein wenig in dieser düsteren Umgebung.

»Nee, glaub ich nicht. Die sind sicher tausend Umwege gelaufen, damit sie mögliche Verfolger abschütteln können«, gab Rufus großspurig zurück.

Sie näherten sich schnell dem Haus, in dessen Fenster Till vor zwei Tagen das geheimnisvolle Licht gesehen hatte.

Erst als sie ganz sicher waren, dass sie nicht beobachtet wurden, stiegen sie vorsichtig in den muffigen Keller hinunter. Hin und wieder ließen sie ihre Taschenlampen aufblitzen, um auf den ausgetretenen Stufen nicht auszurutschen, dann kauerten sie sich hinter das stinkende Fass und warteten. Immer wieder hauchten sie in die Hände, um sich warm zu halten.

»Eigentlich hätte ich jetzt Handballtraining«, brummte Till.

»Eigentlich müsste ich jetzt mit Christine und Jan ›I Wish It Could Be Christmas Every Day‹ üben«, erwiderte Rufus. »Hoffentlich kommen die Wichtel bald.«

Sie mussten nicht lange warten. Keine zehn Minuten später waren flüsternde Stimmen, Geklapper an der kaputten Haustür und Schritte auf der Kellertreppe zu vernehmen. Dann flackerte ein Lichtstrahl durch den Raum – und ein Schrei aus drei Kehlen hallte von den Wänden, als den Ankömmlingen die zwei Jungen entgegensprangen.

»Aaaahhh!«

Hassan ließ die Stablampe fallen, Kerstin und Paula klammerten sich vor Schreck aneinander und hörten erst auf zu schreien, als Till und Rufus den Lichtkegel auf die Wände des Raumes richteten.

»Spinnt ihr?«, schrie Paula. »Mir ist fast das Herz stehen geblieben!«

Auch Kerstin erkannte die beiden Jungen. »Rufus, Till, was, was macht ihr denn hier?«, stammelte sie.

Wie werden Till und Rufus reagieren?
Lies morgen weiter!

10. Dezember

Robin Hood ist an allem schuld

Rufus baute sich vor den dreien auf. »Ha, haben wir es doch gewusst, dass ihr herkommen würdet. Wir sind euch auf die Schliche gekommen.« Er hielt kurz inne, sodass diese Information bei den anderen sacken konnte. Dann fuhr er fort. »Wir haben euch schon den ganzen Nachmittag observiert und natürlich auch eure Aktion im *Steckenpferdchen* beobachtet. Was soll das? Warum klaut ihr Spielsachen, Süßigkeiten und jetzt auch noch Klamotten?« Rufus strahlte mit der Taschenlampe die Bündel in Hassans, Kerstins und Paulas Armen an.

»Observiert?«, stammelte Kerstin.

»Ganz richtig, wir haben euch beobachtet und sind euch gefolgt. Und wir haben alles gefilmt.«

»Aber deswegen braucht ihr uns doch nicht so hinterhältig zu erschrecken!«, schimpfte Hassan wütend. Er hatte sich inzwischen einigermaßen von dem Schock erholt. »Ich hätte mir beinahe in die Hose gemacht. Das war echt unfair.«

»Unfair?« Rufus kriegte sich nicht mehr ein. »Als Weihnachtswichtel verkleidet in Geschäfte einzudringen, nach allem zu greifen, was nicht festgenagelt ist, und dann davonzustürmen. Ist das etwa fair?« Er hatte sich richtig in Rage geredet und schnaufte kurz. »Euer Geheimversteck unter der Bodenplatte haben wir gestern übrigens auch schon dokumentiert«, trumpfte er jetzt noch auf.

Hassan starrte ihn stumm an. Er war sprachlos. Doch dann zischte er: »Wollt ihr uns bei der Polizei verpfeifen oder wollt ihr uns etwa erpressen?«

»Ihr habt unsere Frage noch nicht beantwortet«, mischte Till sich ein. »Warum habt ihr die Diebstähle begangen?«

Paula tat so, als hätte sie Tills Frage gar nicht gehört. »Wie seid ihr uns überhaupt auf die Schliche gekommen?«, wollte sie wissen.

»Ganz einfach«, erklärte Rufus überlegen. »Till hat vorgestern Abend eure Lampe hier unten flackern gesehen, als er vom Handballtraining kam. Und weil ihm das ziemlich rätselhaft vorkam, haben wir beschlossen, uns das etwas genauer anzusehen. Wir verfügen nämlich über gewisse kriminalistische Fähigkeiten und merken es sofort, wenn irgendwo was faul ist. Wir sind nämlich Detektive!«

»Angeber!«, knurrte Kerstin.

Rufus ließ sich davon nicht beeindrucken und redete einfach weiter. Er berichtete von ihrem Lauschposten in dem dreckigen Fass, von der Entdeckung der Beute unter der Falltür und wie sie ihnen schließlich auf die Schliche gekommen sind. »Deine Stiefel, Paula! Solche auffälligen Boots haben nicht viele.« Rufus trat gegen das Fass, dass es dumpf schepperte. »Aus dieser Tonne hab ich Paulas Fellstiefel gesehen. Auf dem Zeitungsfoto habe ich sie wiedererkannt und da habe ich eins und eins zusammengezählt. Heute in der großen Pause . . .«

Paula unterbrach ihn. »Du hast mich doch beobachtet. Ich hab das gespürt. Aber Hassan meinte, dass wir trotzdem weitermachen sollten. Werdet ihr uns verraten, da ihr nun alles wisst?«

»Nein, wir wissen eben nicht alles.« Till malte mit dem Lichtstrahl Kreise an die Kellerwand. »Wir wissen zwar, *dass* ihr die Diebe seid, aber wir wissen noch immer nicht, *warum*. Also?«

Hassan hob seine Stablampe auf. »Also gut. Ich erklär es euch. Eigentlich ist Robin Hood an allem schuld. Neulich lief dieser alte Robin-Hood-Film aus den 1930er-Jahren im Fernsehen. Den haben wir zusammen angeschaut. Kennt ihr den? Da trägt Robin Hood so ein grünes Hütchen mit langer Feder dran und Strumpfhosen. Ganz anders als in der Kevin-Cost-

Play

ner-Verfilmung. Die kennst du doch, oder?« Er schaute Till herausfordernd an, der ungläubig mit dem Kopf nickte. Dann fuhr Hassan fort. »Jedenfalls hauste Robin Hood mit seiner Bande im Sherwood Forest und sie überfielen die habgierigen Reichen. Sie raubten ihnen Geld, Schmuck und Nahrungsmittel und verteilten ihre Beute dann an die Armen und Hungernden . . .«

»Mann, Hassan, halt mal die Luft an. Die Geschichte vom Rächer der Armen und Unterdrückten kennt doch jeder«, unterbrach Till nun ungeduldig Hassans Erzählung. »Halt hier keine Märchenstunde. Komm endlich zur Sache! Was hat Robin Hood mit euren Diebstählen zu tun?«

»Er hat uns auf die Idee gebracht.« Paula funkelte Till und Rufus zornig an. »Ist doch ganz einfach, wir wollten auch bei den Reichen was abstauben, um es an die Armen . . .« Weiter kam sie nicht, denn Kerstin hielt ihr plötzlich mit der Hand den Mund zu und zischte: »Pscht! Licht aus!«

Jetzt hörten es auch die anderen: Ein Motorengeräusch näherte sich auf der rumpligen Straße. Die fünf Jugendlichen standen mit angehaltenem Atem im finsteren Keller und starrten gebannt zum Fenster. Das Scheinwerferlicht erleuchtete den ganzen Raum – dann rollte das Auto vorbei.

»Uff!« Rufus atmete geräuschvoll aus. »Da haben wir ja noch mal Glück gehabt!«

»Das war sicher ein Streifenwagen«, erklärte Kerstin nervös. »Meine Eltern haben in der Zeitung gelesen, dass die Polizei hier regelmäßig Kontrollfahrten macht, weil sie fürchten, dass die Gegend komplett herunterkommt. Sie haben erzählt, dass die kaputten Gebäude für kriminelle Zwecke missbraucht werden . . .«

». . . ja genau, als Versteck für Diebesgut zum Beispiel«, sagte Rufus bissig und knipste seine Lampe wieder an. »Wie habt ihr diesen Keller und das Versteck im Boden eigentlich gefunden?«

Hassan druckste verlegen herum und wollte nicht so recht mit der Sprache rausrücken. Doch als Rufus damit drohte, die Polizei zu rufen, fing er an zu erzählen. Er hatte im Herbst mit ein paar Freunden aus seiner Klasse im Innenhof der Hausruine ein Lagerfeuer gemacht. »Wir sind natürlich auch mal ins Haus rein und haben uns umgesehen. Wir hatten gehofft, irgendwas Brauchbares zu finden. Ich bin dann auch in den Keller runter, aber auch da war nichts mehr. Bloß das Loch unter der Klappe hab ich entdeckt.« Er machte eine kleine Pause, in der er Kerstin und Paula anschaute. »Und als wir ein sicheres Versteck für die geklau. . . – äh, für die Sachen brauchten, fiel mir dieses Haus wieder ein.« Hassan grinste Till und Rufus schief an.

Kerstin musste dreimal niesen. »Mensch Leute«, schimpfte sie, »müssen wir denn in diesem blöden Keller rumstehen und quatschen? Meine Nase ist schon ein Eiszapfen. Ich will endlich heim.«

»Oh nein, so leicht kommt ihr nicht davon. Erst beantwortet ihr endlich unsere Frage. Wir wissen nämlich immer noch nicht, für wen die Sachen sind«, fuhr Till Kerstin an.

»Wir können zu mir nach Hause gehen«, schlug Hassan vor. »Meine Mutter arbeitet noch. Da sind wir ungestört.«

»Also gut.« Till war einverstanden.

Paula, Hassan und Kerstin verstauten die gestohlenen Kleider im Versteck. Sie schlossen die Klappe und legten die Eisenteile wieder darüber. Dann machten sie sich auf den Weg zu Hassan.

Was haben Hassan, Paula und Kerstin zu berichten?
Lies morgen weiter!

11. Dezember

Wie soll es weitergehen?

Die fünf bibberten vor Kälte, obwohl sie zur Viehhofer Straße gejoggt waren. Als sie die Wohnung der Familie Karem betraten, empfing sie wohlige Wärme. Sie zogen rasch ihre Jacken, Schals und Mützen aus und machten es sich im Wohnzimmer gemütlich. Hassan hatte eine große Schale mit knusprigen Schokoladenkringeln, Vanillekipferln und Pfeffernüssen in die Mitte gestellt – erst jetzt merkten sie, wie hungrig sie waren, und langten ordentlich zu.

Als alle etwas aufgetaut waren, meldete Till sich zu Wort. »Ein kitschiger Robin-Hood-Film aus Uromas Tagen hat euch also auf diese beknackte Idee gebracht. Wahrscheinlich war der sogar noch schwarz-weiß. Das ist doch nicht euer Ernst. Was ihr gemacht habt, ist astreiner Diebstahl. Wie wollt ihr aus der Nummer wieder rauskommen?«

»Jetzt spiel dich bloß nicht als Moralapostel auf!«, bremste Paula, denn Till hatte genau den wunden Punkt getroffen. »Wir wissen selbst, dass es nicht okay ist, was wir gemacht haben. Aber die Geschäfte sind doch gegen Diebstahl versichert.«

»Das mag für den Supermarkt, bei dem ihr die Süßigkeiten stibitzt habt, stimmen«, fuhr Rufus dazwischen. »Der kann so einen Verlust vielleicht locker wegstecken. Bei Supermärkten wird ja häufiger geklaut. Aber so kleine Läden wie das *Steckenpferdchen* können sich meist keine teure Diebstahlversicherung leisten. Wahrscheinlich kommen die finanziell kaum über die Runden und denen tut so ein Diebstahl dann richtig weh. Ihr solltet euch schämen, dass ihr . . .«

»Mach dich doch nicht so wichtig!«, meckerte Kerstin. »Und deine Predigt kannst du dir auch sparen. Wir schämen uns auch so schon. Uns ist auch klar, das Diebstahl nicht die beste

Lösung ist. Aber irgendwie muss man doch den Menschen helfen, die keine Kohle haben. Erst recht zu Weihnachten.«

»Ihr wollt eure Beute also verschenken. Ist das euer Plan?« Hassan, Kerstin und Paula nickten gleichzeitig. »An wen denn, wenn man fragen darf?«, fuhr Till mit seiner Befragung fort.

»Das lass mal unsere Sorge sein«, antwortete Kerstin spitz. »Hassan kennt sich da aus.«

»Aha, Robin Hood, der Fürsorgliche!«, spottete Rufus und grinste breit. Das war zu viel für Kerstin. »Quatsch doch keinen Müll, Rufus!« Sie war richtig wütend.

Sie wurde immer wütender. Aber bevor sie so richtig loslegen konnte, schaltete Till sich ein und fragte: »Wie seid ihr eigentlich auf eure Verkleidung gekommen?« Sein Trick funktionierte. Er hatte Kerstin den Wind aus den Segeln genommen.

»Ich hab zu Hause so ein Buch von den Weihnachtswichteln«, erklärte Paula zaghaft, »die dem Weihnachtsmann beim Geschenkeverteilen helfen. Wir fanden, dass das super passt. Und außerdem laufen im Moment so viele Weihnachtsmänner und Nikoläuse rum, dass wir mit Zipfelmütze und weißem Bart gar nicht auffallen. Und in einem Geschäft für Karnevalsbedarf haben wir auch noch die Masken mit den Knubbelnasen und roten Wangen gefunden.« Sie funkelte Till an. »Jetzt würde ich aber gerne wissen, ob ihr dichthaltet oder uns verpetzt.«

»Das hängt ganz von eurer Erklärung ab, auf die wir immer noch warten!«, antwortete Rufus beleidigt. »Für wen klaut ihr die Sachen?«

Hassan hatte bisher noch nichts gesagt, doch nun erhob er das Wort. »Okay, ich erklär euch, was hinter der Aktion steckt. Also, meine Mutter ist Kinderärztin . . .«

»Wissen wir doch längst.« Till winkte ab. »Steht ja unten auf dem Schild. Was hat das mit euren Diebstählen zu tun?«

Play

»... und da erfährt sie natürlich viel über die Familien hier im Viertel. Viele haben kleine Kinder.« Hassan redete weiter, als hätte er Tills Frage gar nicht gehört. »Ihr glaubt gar nicht, wie viele Leute es hier in der Gegend gibt, die finanzielle Schwierigkeiten haben. Soweit das möglich ist, behandelt meine Mutter die Kinder auch mal kostenlos und gibt Probepackungen der Medikamente raus, weil manche Eltern sich diese nicht leisten können. Oben am Ende der Straße gibt es ein Haus, in dem viele arme Familien leben mit Kindern vom Säugling bis zum Schulkind. Die haben noch nicht einmal genug Geld, um sich einen Weihnachtsbaum zu kaufen. Und Geschenke gibt es da sicher auch nicht. Ich hab das alles Kerstin und Paula erzählt und wir haben gemeinsam beschlossen, dass die Kinder auch eine richtige Bescherung verdient haben, mit allem drum und dran.«

Nun konnten auch Paula und Kerstin nicht mehr stumm danebensitzen. Sie erzählten von einer Mutter, die allein für drei kleine Kinder sorgen musste; einer Flüchtlingsfamilie aus Somalia, die auf eine Aufenthaltsgenehmigung wartete und nur eine dürftige Unterstützung vom Sozialamt bekam; und von einer Familie mit einem Kind im Rollstuhl, die in einer viel zu kleinen Wohnung lebte und nicht wusste, wie sie über die Runden kommen sollten.

Paula beugte sich zu Till und Rufus hinüber. »Versteht ihr jetzt, warum wir als Weihnachtswichtel unterwegs sind?«

»Na ja ...« Rufus suchte nach den richtigen Worten. »Verstehen kann ich's schon – irgendwie jedenfalls. Aber musstet ihr deshalb klauen? Ihr hättet doch auch Freunde, Bekannte und Verwandte nach Spielzeug und Kleidung fragen können. Jeder hat doch Sachen im Schrank, die nicht mehr passen oder gefallen. Und ein paar Lebkuchen und Schokoweihnachtsmänner wird man ja wohl auch auftreiben können.«

Kerstin schüttelte vehement den Kopf. »Würdest du dich etwa über gebrauchte Spielsachen zu Weihnachten freuen?«

Ohne auf eine Antwort zu warten, fuhr sie fort. »Eben. Und bloß, weil die Eltern sich nichts leisten können, soll das für diese Kinder anders sein? Klar, sind doch bloß die Kinder von armen Leuten. Für die ist das alles noch gut genug. Sie sollen sich doch gefälligst freuen, wenn sie gebrauchte Strampelhosen bekommen! Und mit Puppen spielen dürfen, die schon von anderen Kindern beschmust worden sind! Das ist nicht dein Ernst. Die wollen doch auch mal was Neues, ganz Eigenes.«

»Und wie geht's jetzt weiter?«, versuchte Till die Gemüter zu beruhigen und fischte sich die letzte Pfeffernuss aus der Schale.

Noch bevor jemand antworten konnte, stand plötzlich Hassans Mutter im Wohnzimmer. Die zierliche Frau mit streng nach hinten gekämmtem tiefschwarzem Haar lächelte freundlich und gab ihrem Sohn einen Kuss auf die Wange. Hassan wurde rot und stellte schnell Rufus und Till vor und erklärte, sie hätten noch einiges für die Weihnachtsfeier in der Schule zu besprechen gehabt. Dabei wurde sein Gesicht noch röter, aber er konnte seiner Mutter schlecht die Wahrheit sagen.

»Schön, dass ich euch kennenlerne«, sagte Raya Karem lächelnd und gab den beiden Jungen die Hand. Dann zog sie den weißen Kittel aus und stöhnte: »Jetzt muss ich schnell einen Happen essen und duschen und dann ins Bett. Ich bin so müde.«

Da erschrak Till, weil ihm plötzlich bewusst wurde, wie spät es schon war. »Das gibt Ärger zu Hause. Komm, Rufus, wir müssen los!«

Werden Till und Rufus dichthalten?
Lies morgen weiter!

12. Dezember

Gelächter am Telefon

Als Till heimkam, traute er seinen Ohren kaum. Aus der Küche war Gelächter zu hören. Was war denn hier los? Neugierig schob er die Tür auf. Seine Eltern saßen zusammen mit Georg am Küchentisch und tranken Sekt.

»Till, da bist du ja«, begrüßte ihn seine Mutter strahlend. Sie hatte scheinbar gar nicht gemerkt, dass Till schon längst hätte zu Hause sein müssen. Aber ihm sollte es recht sein. »Du wirst es nicht glauben, was heute passiert ist. Georg hat eine neue Lehrstelle. Ist das nicht ein schönes verfrühtes Weihnachtsgeschenk?«

»Wow, Georg, das ist ja super!« Till freute sich für seinen Bruder und beglückwünschte ihn mit einem Highfive. Aber Hunger hatte er trotzdem. Von dem Weihnachtsgebäck bei Hassan war er natürlich nicht satt geworden. »Gibt's noch was zu essen?«

Seine Mutter grinste. »Du denkst wohl den ganzen Tag nur ans Essen, wie? Es ist noch Linsensuppe da.«

Während Till seinem Bruder aufmerksam zuhörte, löffelte er seine Suppe, die ihm seine Mutter noch einmal aufgewärmt hatte. Danach verzog er sich jedoch in sein Zimmer, um Hausaufgaben zu machen. Wenigstens Englisch wollte er noch schaffen. Seine Eltern freuten sich über seinen plötzlichen Ehrgeiz und ließen ihn gehen.

Doch sosehr er sich auch bemühte: Immer wieder hatte er die Weihnachtswichtel vor Augen. Wie stellten die sich das vor? Irgendwann rutschte ihm das Buch aus den Fingern und fiel auf den Fußboden. Aber das merkte Till nicht mehr, auch nicht, dass die Nachttischlampe noch brannte. Mit den Wichteln in Gedanken fiel er in einen unruhigen Schlaf.

Zur gleichen Zeit zerwühlte Paula ihre Kissen. Sie konnte und konnte nicht einschlafen. Die Gedanken schwirrten in ihrem Kopf herum wie Motten um eine Lampe. Konnten sie Rufus und Till trauen? Sie wusste nicht viel über die beiden Jungen. Dass sie clever waren, hatten sie bewiesen, aber konnten sie auch ihr Geheimnis bewahren? Würden sie sich noch einmal mit ihnen zusammensetzen, um zu klären, wie es nun weitergehen sollte? Vor allem ärgerte Paula sich über sich selbst. Warum hatte sie auch ausgerechnet die neuen Fellstiefel tragen müssen? Noch auffälliger hätte sie sich kaum kleiden können! – Es dauerte lange, bis sie endlich eingeschlafen war.

Auch Rufus beschäftigten immer noch die Ereignisse des Tages. Er saß in seinem Zimmer im Schneidersitz auf dem Teppich und klimperte gedankenverloren verschiedene Melodien auf der Gitarre. Die Stimmen seiner Eltern waren undeutlich aus dem Wohnzimmer zu hören. Emma schlief vermutlich schon. Rufus hatte sich längst entschieden: Er war auf der Seite von Hassan und den beiden Mädchen. Er fand, dass ihr Weg nicht der richtige war – und sie mussten sich noch etwas überlegen, wie sie die Diebstähle wiedergutmachen konnten – aber dass sie etwas Gefährliches wagten, um bedürftigen Kindern eine Weihnachtsfreude zu machen, das imponierte ihm. Er hoffte, dass Till das auch so sah. – Mit Flüsterstimme sang er: »*Well I wish it could be christmas every day, when the kids start singing and . . .*« Doch auch ihn überkam allmählich die Müdigkeit und er legte die Gitarre zur Seite und ließ sich aufs Bett fallen.

Kerstin hingegen stand unter der Dusche und übte lautstark ihren Text, indem sie die Brause als Mikrofon verwendete: »Weihnachtsmann und Weihnachtsfrau / tanzen auf uns'rer Weihnachtsschau / Sie bringen Säcke voller Geschenke / sodass sie bald platzen, unsere Schränke . . .« Dabei klatschte sie den Rhythmus im Wasserstrahl, was herrlich blubberte, aber auch furchtbar spritzte. Sie musste plötzlich fürchterlich husten und spucken, weil sie vor lauter Eifer

Play

Wasser geschluckt hatte. Aber auch sie machte sich ihre Gedanken über den Tag. Sie fand es schade, dass sie ihre Beratung bei Hassan so plötzlich abbrechen mussten. Jetzt ist noch immer unklar, wie Rufus und Till sich verhalten werden, dachte sie, während sie sich abtrocknete. Ihr war klar, dass die beiden Jungen sie mit ihrem Beweismaterial in der Hand hatten, doch ihr Gefühl sagte ihr, dass Till und Rufus keine Petzen waren. Aber würden sie darauf bestehen, dass sie die gestohlenen Sachen zurückbrachten? Diese Frage beschäftigte Kerstin noch, als sie schon längst unter die Bettdecke geschlüpft war.

Hassan saß im Schlafanzug auf dem Stuhl vor seinem Schreibtisch, hatte Kopfhörer auf und wippte im Takt von *Sunday Bloody Sunday*. U2 war seine Lieblingsband und er bewunderte den Leadsänger Bono nicht nur für seine Musik, sondern auch für seinen Einsatz für die Benachteiligten dieser Welt. Aber so ganz konnte er sich an diesem Abend nicht auf den Song konzentrieren, denn ein leiser Zweifel hatte sich in seinem Gehirn eingenistet. War seine Robin-Hood-Idee tatsächlich die richtige gewesen? Er dachte eine Weile darüber nach, doch dann wischte er die Bedenken, die Rufus und Till geäußert hatten, trotzig beiseite. Die Sache ist doch super gelaufen! Jetzt mussten sie nur die Ruhe bewahren, dann würde schon alles gut ausgehen. Hassan glaubte fest an ein Happy End. Mit diesem Gedanken ging er schließlich ins Bett.

Lautes Türklopfen riss ihn am nächsten Morgen aus seinen wilden Träumen. »Hassan, Liebling, wach auf! Telefon für dich.« Das war die Stimme seiner Mutter.

Hassan wühlte sich verwirrt aus dem Bett. »Wer ist es denn?«

»Keine Ahnung!«, rief Raya Karem. »Er hat seinen Namen nicht genannt, aber es sei wichtig, hat er gesagt.«

Schlaftrunken wankte Hassan in die Diele, wo das Telefon stand. Was konnte denn so früh am Morgen so wichtig sein? Hassan griff nach dem Hörer. »Hallo?«

»Hallo, Freundchen!«, sagte eine verzerrt klingende Stimme. Der Anrufer verstellte seine Stimme oder hielt sich ein Tuch vor den Mund, dachte Hassan. »Hast du schon gesehen, dass du und deine Komplizen wieder in der Zeitung seid?«

Hassan schluckte schwer und sein Mund war mit einem Mal ganz trocken. »W-w-wer sind Sie?«

»Der Weihnachtsmann. Wer denn sonst?«, höhnte die rätselhafte Stimme und lachte böse.

»W-w-was wollen Sie von mir?«

»Einen kleinen Gefallen, Hassan, nur einen kleinen Gefallen. Eine Hand wäscht die andere. Den Spruch kennst du doch, oder? Ich lasse dich und die anderen Wichtel nicht hochgehen und dafür erledigt ihr einen Auftrag für mich. Alles klar so weit?«

»Nichts ist klar, g-g-gar nichts«, stotterte Hassan. »Ich weiß nicht, wovon Sie sprechen.«

Wieder das Lachen am anderen Ende der Leitung. »Spiel nicht den Dummen, Freundchen! Wir wissen beide über eure Beutezüge Bescheid. Willst du, dass ich deiner Mutter von den Diebstählen erzähle? Willst du, dass ich den Bullen einen heißen Tipp gebe?« Die Stimme wurde gefährlich leise. »Gib mir deine Handynummer! Ich melde mich wieder.«

Hassan diktierte die Nummer, dann war die Leitung tot.

Wer ist der rätselhafte Anrufer?
Lies morgen weiter!

13. Dezember

Die Stunde der Detektive

Paula und Kerstin hatte er bereits auf dem Weg zur Schule von dem Anruf erzählt, jetzt berichtete er atemlos Rufus und Till, die sie auf dem Pausenhof getroffen hatten, was am Morgen passiert war.

»Ich bin erkannt worden und jetzt werde ich erpresst. Und eins ist klar, mit dem ist nicht zu spaßen.« Hassan war fast hysterisch. »Der lässt mich hochgehen, wenn ich nicht mach, was er sagt. Verflixt, was soll ich machen?« Niedergeschlagen stand er vor seinen Freunden. Dann blieb sein Blick an Till haften. »Woher kennt der mich? Was will der Kerl von mir?«, fragte er völlig verzweifelt.

»Zuerst solltest du dich beruhigen«, forderte Till ganz cool und legte Hassan eine Hand auf die Schulter. »Du darfst jetzt nicht die Nerven verlieren, verstanden? Der will dich doch bloß verunsichern. Darum hat er auch das Telefongespräch einfach abgebrochen. Du sollst vor Angst einknicken. Aber das wird nicht passieren! Bleib ganz locker!« Till grinste schief. Er hoffte, Hassan kaufte ihm das ab, denn eigentlich hatte er keine Ahnung, wie man sich in solch einer Situation verhielt. »Hassan, du bist nicht allein. Wir helfen dir.«

»Und ob wir das tun!«, bestätigte Rufus, der heilfroh war, dass Till sich ebenso entschieden hatte. Sie waren eben Partner. »Wir werden uns mal umhören und versuchen herauszufinden, wer der Unbekannte ist und woher er dich kennt. Immerhin sind wir ja Detektive. Wir lassen nicht zu, dass er dich wie eine Marionette zappeln lässt.« Rufus holte tief Luft und bließ sich zur vollen Größe auf. »Dies ist die Stunde der Detektive!«

Kerstin kicherte hinter ihrer behandschuhten Hand. Sie wollte nicht unhöflich sein, aber Rufus' letzter Satz war einfach zu komisch gewesen.

»Oh Mann, Rufus«, lachte Paula. »Für solche Reden haben wir jetzt keine Zeit. Sag uns lieber, wie ihr diesen komischen Anrufer finden wollt. Und was sollen wir eigentlich machen? Wir können doch nicht einfach abwarten und . . .«

Till unterbrach sie. »Keine Sorge, Rufus und ich übernehmen den Fall. Wir legen uns auf die Spur, ohne dass er es merkt.«

Hassan schüttelte den Kopf. »Aber ihr kennt den Anrufer doch gar nicht. Auf welche Spur wollt ihr euch denn legen? Könnt ihr mir das mal verraten?«

»Nicht hier und jetzt. Wir treffen uns nach der Schule und besprechen den Plan«, schlug Rufus vor. »Dieses Mal bei mir. Hassans Haus wird anscheinend beobachtet. Aber ich bin mir ziemlich sicher, dass unser Gegner nicht weiß, dass Kerstin und Paula die beiden anderen Wichtel sind. Er hat sie nur Komplizen genannt. Also scheint er keine Ahnung zu haben, wer hinter den Bärten steckt.«

Die anderen nickten zustimmend, das leuchtete ihnen ein.

Rufus sprach weiter. »Erkannt hat er also bloß dich, Hassan. Keine Ahnung, woran, aber das finden wir heraus.« Er holte tief Luft. »Aber ihr dürft nicht mehr zusammen gesehen werden. Nicht vor dem Haus, nicht auf dem Schulweg, auch nicht auf dem Schulhof. Ihr kennt euch überhaupt nicht.« Rufus zeigte auf Hassan. »Es reicht, dass Hassan enttarnt wurde.«

Hassan verstand das immer noch nicht. »Wieso nicht auf dem Schulhof? Da sieht uns doch kein Fremder!«

»Oh Mann, ein Glück sind wir die Detektive!«, stöhnte Till. »Hast du noch nie was von Ferngläsern gehört? Und vielleicht ist der Typ, der dich erpressen will, einer von den Schülern.«

Hassan schüttelte den Kopf. »Es war eine Männerstimme, zwar verstellt, aber eindeutig eine Männerstimme.«

Den Einwand ließ Till nicht gelten. »Die Jungs aus der Oberstufe haben doch fast alle schon tiefe Stimmen. Außerdem

könnte der Anrufer ja auch ein Lehrer gewesen sein. Wir müssen in alle Richtungen recherchieren. Lasst uns darüber heute Nachmittag bei Rufus reden. Um drei. Und kommt einzeln!«

Rufus gab den dreien seine Adresse und sie tauschten noch ihre Telefonnummern aus. Dann merkten sie, dass der Pausenhof leer war und der Unterricht begonnen hatte. »Oh nein, das gibt Ärger«, bemerkte Paula und sie sprinteten zu ihren Klassenräumen.

Till und Rufus hatten Glück. Die junge Referendarin, die als Vertretung heute den Ethikunterricht leitete, warf den verspäteten Jungen nur einen vorwurfsvollen Blick über den Brillenrand zu und schrieb weiter Fremdwörter aus ihrem Text über Fairness beim Sport an die Tafel.

Als er wieder halbwegs normal atmen konnte, kramte Till einen Zeitungsartikel, den er heute beim Frühstück mitgenommen hatte, aus der Schultasche. Er las die Überschrift des Artikels:

DRITTER STREICH DER WICHTELBANDE
Schläft unsere Polizei?

Rasch überflog Till den Artikel, aus dem er nichts Neues erfuhr. Er hatte ja alles aus der ersten Reihe gesehen. Witzig fand er aber die Aussagen der Augenzeugen. Eine Kundin beschrieb einen der Täter als »außergewöhnlich klein, wie einen Gartenzwerg«. Eine andere behauptete, die Diebe hätten auch spitze Ohren gehabt, wie die Wichtel in Amerika. Ein Foto gab es dieses Mal nicht, denn der kleine Kindermodenladen hatte keine Überwachungskamera.

Als die Referendarin sich das nächse Mal zur Tafel drehte, schob Till den Artikel zu Rufus. Doch er hatte nicht mit den Adleraugen der Lehrerin gerechnet.

»Till, was hast du da?« Schon stand sie neben ihm und streckte die Hand aus.

»Ähm ... nichts ... ich wollte nur ...«, stammelte Till verlegen und bekam einen feuerroten Kopf. Er blickte verzweifelt zu seinem Partner. Doch der konnte ihm nicht helfen. Schließlich gab er der Lehrerin das Papier.

Nach einem Blick auf den Artikel schaute sie Till herausfordernd an: »Du interessierst dich für diese Diebstähle?«

»Ja«, antwortete Till zögerlich.

»Na gut«, antwortete die Lehrerin, »da du dieses Thema reizvoller findest als unseren Schulstoff, würde ich vorschlagen, dass wir kurz darüber reden.« Die Klasse schaute sie erstaunt an.

»Warum interessierst du dich für dieses Thema?«

Till schaute wieder zu Rufus. Dann sagte er unsicher: »Ich wundere mich, warum jemand gerade diese Sachen klaut. Also Süßigkeiten, Spielsachen und nun Klamotten für Kinder.«

»Na, vielleicht kann sich derjenige die Weihnachtsgeschenke für seine Kinder nicht leisten«, kam es aus einer hinteren Bank.

»Stimmt, man steht doch total blöd da als Eltern, wenn man seinen Kindern nichts schenken kann.«

»Aber rechtfertigt das einen Diebstahl?«, warf die Lehrerin ein.

»Nein, ich finde, dass man dann lieber nur was Kleines oder Selbstgemachtes schenken sollte«, sagte ein Mädchen aus der ersten Reihe.

Till saß mit gerunzelter Stirn da und überlegte angestrengt. Auch wenn die Wichtel für einen guten Zweck klauten, blieb es eine Straftat. In dem Moment läutete es und die Stunde war vorbei.

Ändert Till seine Meinung?
Lies morgen weiter!

14. Dezember

Wer ist der Anrufer?

Es war kurz nach drei und gerade hatte Hassan das Zimmer betreten. Wie abgesprochen waren sie einzeln gekommen. Die Mädchen hatten sich erst einmal auf die Heizung gestürzt, da es draußen eisig kalt war. Ihre Mäntel, Mützen und Handschuhe hatten sie einfach auf einen Haufen geworfen. Nun hockten sie im Kreis auf Rufus' Teppich. Gerade als sie anfangen wollten, ging die Tür auf und Emma kam herein.

»Hallo«, strahlte sie übers ganze Gesicht. Sie freute sich immer, wenn Besuch da war. »Ich hab was zum Knabbern. Wollt ihr?« Paula und Kerstin freuten sich über das Erscheinen des kleinen Mädchens. Nicht jedoch Rufus.

»Emma, du sollst doch anklopfen. Ich hab jetzt keine Zeit für dich. Wir müssen was Wichtiges besprechen und das ist nichts für kleine Ohren«, erklärte er ihr streng.

»Meine Ohren sind gar nicht klein.« Emma zog fest an ihren Ohren. Doch ihr großer Bruder ließ sich nicht erweichen. Da stampfte Emma schmollend aus dem Zimmer und knallte die Tür so fest zu, dass der Computerbildschirm auf dem Schreibtisch leicht ins Wanken geriet.

»Können wir jetzt zur Sache kommen?«, fragte Rufus und bemühte sich, wie ein strenger Kriminalhauptkommissar zu gucken. Dann zeigte er mit dem Kugelschreiber auf Hassan. »Bist du sicher, dass dich niemand verfolgt hat?«

»Hundertpro!«, sagte Hassan und nickte zur Bekräftigung heftig mit dem Kopf. »Ich hab Haken geschlagen und mich immer wieder versteckt. Ich hab niemanden entdeckt.«

»Und ob dich einer verfolgt hat, Hassan!« Till grinste breit. »Ich war dir von deiner Haustür an ununterbrochen auf den Fersen und habe dich beschattet.« Hassans Augen weiteten sich ungläubig. »Da guckst du, was? Aber du kannst beruhigt sein. Außer mir hat dich wirklich keiner verfolgt. Wenn dich noch jemand im Visier gehabt hätte, wäre mir das aufgefallen.«

»Was, du bist mir gefolgt?« Hassan konnte es nicht glauben. »Ich hab gar nichts gemerkt!«

Tills Grinsen wurde noch breiter. »Natürlich nicht. Ich wäre schon ein lausiger Detektiv, wenn du mich bemerkt hättest. Wenn ich jemanden observiere, bin ich so gut wie unsichtbar.«

»Was für ein Angeber!«, brummte Kerstin genervt.

Rufus pfiff durch die Zähne. »Jetzt beruhigt euch wieder und, Hassan, du musst besser aufpassen.« Hassan wollte sich verteidigen, doch Rufus ließ ihn nicht zu Wort kommen. »Wir sollten uns lieber einen Plan überlegen. Hat sich der merkwürdige Anrufer noch einmal bei dir gemeldet?«

»Nein hat er nicht.« Hassan schüttelte heftig den Kopf. »Ich hätte euch doch sonst sofort informiert.«

»Und du hast wirklich keine Ahnung, wer dahinterstecken könnte?«, fragte Till. »Denk doch mal nach!«

»Was hab ich denn wohl den ganzen Vormittag gemacht?«, knurrte Hassan. »Mein Kopf hat schon geraucht. Aber mir fällt niemand ein.« Hassan zeigte auf seine Ohren. »Da kamen die Schwaden raus!« Er grinste, wurde aber schnell wieder ernst. »Der Typ hat gedroht, dass er mich bei der Polizei anzeigt und den guten Ruf meiner Mutter kaputt macht.« Hassan schluckte, denn plötzlich hatte er einen dicken Kloß im Hals. »Wenn es sich rumspricht, dass ihr Sohn was Kriminelles angestellt hat, kann sie die Praxis dichtmachen. Ich wollte doch nur helfen und jetzt geht alles den Bach runter!«

»Das wissen wir doch«, versuchte Paula, ihn zu trösten, »Kerstin und ich wollen doch auch helfen. Und darum geht unsere Weihnachtsgeschichte auch gut aus.« Leise fügte sie hinzu: »Außerdem sind Till und Rufus jetzt auf unserer Seite.«

Das brachte Rufus wieder auf den Plan. Hastig schrieb er et-

Play

was auf seinen Block. »Lasst uns zusammenfassen, was wir haben. Fakt eins: Der Anrufer hat Hassan erkannt, nicht aber Paula und Kerstin. Da stellt sich doch die Frage: Kennt Hassan den Anrufer?«

»Na klar, Hassan muss den Anrufer kennen«, sagte Kerstin, »sonst hätte der ja nicht mit verstellter Stimme gesprochen. Der hatte Angst, dass Hassan ihn erkennt.«

Till warf Kerstin einen anerkennenden Blick zu. »Klingt logisch. Vielleicht ist es ja doch einer aus unserer Schule. Aber wer bloß?«

»Fakt zwei.« Rufus hatte sich nun erhoben und ging langsam im Zimmer auf und ab. »Der Anrufer hat Hassan an irgendetwas erkannt. Die erste Frage ist, woran? Und die zweite Frage lautet, wo hat er ihn erkannt? Auf dem unscharfen Zeitungsfoto? Oder hat er euch bei einem eurer Diebstähle beobachtet? Jedenfalls – und das ist Fakt drei – scheint er irgendetwas in der Hand zu haben, womit er Hassan erpressen kann. Genau hier müssen wir mit unseren Recherchen ansetzen!«

Till saß inzwischen am Computer und lud die Filme vom Handy. Nun konnten auch die drei Weihnachtswichtel ihr Handeln sehen: Wie sie verkleidet auf den Laden zugestürmt sind, wie sie blitzschnell zwischen den erschrockenen Kundinnen herumgelaufen sind und ihre Flucht vor den entsetzten Verkäuferinnen . . .

»Paula, schau hin, ich kann wieder deine Stiefel sehen«, stellte Rufus fest und deutete auf den Bildschirm.

»Oh Mann, bin ich doof. Hoffentlich hat das sonst keiner bemerkt.« Paula wirkte zerknirscht.

»Ich hab's!«, schrie Kerstin plötzlich. »Halt mal das Bild an!« Sie zeigte aufgeregt auf die größte der drei Gestalten. »Da! Seht ihr? Man kann Hassans Weste sehen.«

»Respekt!«, gab Rufus beeindruckt zu und pickte sich ein paar getrocknete Aprikosen aus dem Schälchen, das Emma stehen gelassen hatte. »Paula haben wir an den Boots erkannt und Hassan hat sich durch seine Weste verraten.«

Auf einmal sprachen alle durcheinander und mutmaßten, woher der Unbekannte Hassan kennen könnte. In der aktuellen Zeitung war kein Foto abgebildet und auf der unscharfen Aufnahme von der Überwachungskamera im Supermarkt war die Weste nicht zu erkennen. Es blieb also nur, dass der seltsame Anrufer die Szene beim *Steckenpferdchen* beobachtet hatte. Hätte er Hassan schon bei einer der anderen Aktionen erkannt, hätte er sich sicher auch schon früher gemeldet.

Rufus begann wieder hin und her zu laufen. »Wir sind uns also einig, dass der Unbekannte Hassan durch die Weste identifiziert hat. Aber woher er Hassan kennt, das müssen wir noch herausfinden. Das werden Till und ich übernehmen«

»Ich bin dabei«, sagte Hassan.

Till winkte ab. »Das ist keine gute Idee. Wenn der Typ dich mit uns zusammen sieht, haben wir keine Chance mehr. Du hältst dich schön zurück und wartest auf den nächsten Anruf.«

»Und Kerstin, Paula«, Rufus schaute die beiden Mädchen an, »ihr mischt euch auch nicht ein. Das ist zu gefährlich.« Mit diesen Worten war für Till und Rufus die Diskussion beendet.

Kommen die Detektive dem Unbekannten auf die Spur?
Lies morgen weiter!

15. Dezember

Versteckte Kamera

Noch am gleichen Nachmittag begannen Rufus und Till mit ihren Ermittlungen an der Tankstelle. Dort war der geheime Treffpunkt der Wichtel und von dort hatten sie ihre Raubzüge gestartet. Vielleicht ließ sich dort ein Anhaltspunkt auf den unbekannten Anrufer finden. Natürlich hielten sie auch auf dem Weg zur Tankstelle die Augen offen. Doch hier fiel ihnen nichts Verdächtiges auf. In der Viehhofer Straße standen nur Wohnhäuser. Und der Rest des Weges ging an einer viel befahrenen Straße entlang. Die beiden Detektive diskutierten den ganzen Weg lang, wo Hassan aufgeflogen sein konnte. Irgendwo musste sich der Unbekannte ja versteckt haben. Es war schon dunkel gewesen, als sie die Mädchen und Hassan in Richtung Innenstadt verfolgt hatten. Die Straße war für eine Wohngegend nicht besonders gut beleuchtet, hier und da stand eine Straßenlaterne, die nur dürftig für Helligkeit sorgte. Also keine gute Sicht für einen Beobachter. Und selbst wenn jemand Hassan gesehen haben sollte, so hätte er ja auch auf den Weihnachtsmarkt gehen können. Auf dem Weg zur Tankstelle war er ja noch nicht maskiert. Till und Rufus waren sich schließlich einig, dass der Unbekannte Hassan in der Müllsackverkleidung oder mit der Beute gesehen haben musste, also während oder nach der Aktion.

»Vielleicht hat der Anrufer ja bloß einen blöden Witz gemacht«, meinte Rufus. »Könnte doch sein, dass er sich nur einen Spaß daraus gemacht hat, Hassan in Panik zu versetzen.«

Das glaubte Till aber nicht. »Die Sache ist ernst, das sagt mir mein kriminalistisches Bauchgefühl. Der Typ weiß haargenau, dass er Hassan in der Hand hat. Der will Hassan weich kochen, damit er auch ja genug Angst hat, um auf die Forderungen einzugehen. Wenn der . . .« Plötzlich redete Till leiser.

»Schau dich bloß nicht um! Ich bin mir ziemlich sicher, dass uns jemand folgt.«

»Sagt dir das auch dein kriminalistisches Bauchgefühl?«

»Nee«, flüsterte Till, »das sagen mir meine guten Ohren. Die Schritte hinter uns sind im gleichen Takt mit unseren. Das kann doch kein Zufall sein!«

Nun spitzte auch Rufus die Ohren. »Ja, du hast recht. Jetzt höre ich sie auch.« Die beiden Freunde liefen ein bisschen schneller und huschten hinter der nächsten Ecke in einen Hauseingang. Sie hielten den Atem an. Auch die fremden Schritte hatten sich beschleunigt und plötzlich tauchte eine Gestalt vor ihnen auf – eine Gestalt in weißer Wolljacke und dunkler Weste.

»Hassan!«, riefen Till und Rufus gleichzeitig. Der Junge blieb wie angewurzelt stehen und schaute in den Hauseingang. »Wolltet ihr mich erschrecken oder was soll das Versteckspiel?«

»Du Idiot!«, sprudelte Till los. »Wieso folgst du uns? Du solltest dich doch im Hintergrund halten und auf den Anruf warten. Ich hatte dir doch extra gesagt . . .«

»Ach quatsch nicht!« Hassan wurde wütend. »Ich lasse mich doch nicht von euch Möchtegern-Detektiven rumkommandieren. Immerhin geht es in diesem Fall hauptsächlich um mich. Und weil das so ist, will ich bei den Ermittlungen auch dabei sein.«

Rufus baute sich vor Hassan auf. »Du bringst unsere ganzen Nachforschungen in Gefahr. Wenn der Unbekannte dich sehen sollte, ist alles aus.« Er funkelte Hassan an. »Vielleicht glaubt der dann noch, wir seien deine Komplizen. Verstehst du nicht, dass du dich raushalten musst?«

Till hatte plötzlich eine Idee und unterbrach den Streit. »Hassan, kennt dich irgendjemand an der Tankstelle?«

Hassan überlegte nicht lange. »Klar, meine Eltern tanken da regelmäßig und lassen in der Werkstatt hin und wieder was

Play

reparieren. Ich war da schon öfters dabei. Und ich hab auch schon ein paarmal was dort gekauft. Den einen oder anderen Tankwart kenne ich inzwischen vom Sehen.«

»Ha, ich wusste es!«, sprudelte es aus Till heraus. »Bestimmt ist es jemand von den Angestellten. Im Winter trägt Hassan doch immer die weiße Jacke und die Weste. Daran ist er doch sofort zu erkennen.«

»Also gut, dann sollten wir jetzt schnell weiter«, machte Rufus sich jetzt wieder bemerkbar. »Aber Hassan, du kannst nicht mit an die Tankstelle. Du musst dich verstecken.«

»Sag mal, hast du eigentlich dein Handy dabei?«, fragte Till besorgt.

Hassan klopfte auf die Brusttasche seiner dicken Steppweste. »Klar. Es macht mich ein bisschen nervös, dass der Anrufer sich noch nicht wieder gemeldet hat.«

»Das wird er schon noch. Der will ja was von dir. Aber bis dahin sollten wir mehr in Erfahrung gebracht haben. Also, los jetzt!«, drängte Rufus zum Aufbruch.

»Okay, gegenüber von der Tankstelle ist eine Imbissbude. Dort warte ich auf euch.«

So machten sie es und kurz vor ihrem Ziel wechselte Hassan auf die andere Straßenseite.

An der Tankstelle herrschte reger Betrieb. Alle sechs Zapfsäulen waren besetzt. Ungemütliches Neonlicht verwandelte die Leute und die Fahrzeuge in eine unwirkliche Szene. Hier war nichts weihnachtlich. Till und Rufus blickten sich um und erkannten links und rechts vom Eingang des Tankshops Schwenkkameras, die das Geschehen überwachten. Sie beobachteten kurz, in welche Richtungen sie filmten, und schlichen sich dann im toten Winkel der Kameras zur Waschstraße. Bei dem hektischen Treiben war es für sie nicht schwer, unbemerkt von den Leuten zwischen den Reifenstapeln am Ende des Flachbaus zu verschwinden, so wie Paula, Kerstin und Hassan es am Vortag gemacht hatten.

Rufus und Till schlängelten sich durch die Reihen der geparkten Gebrauchtwagen hin zu dem Werkstattschuppen, in dessen Schatten sich die drei Weihnachtswichtel mehrmals getroffen hatten. Die beiden Detektive blickten sich um, konnten aber nichts Verdächtiges erkennen. War es möglich, dass jemand sie dort in der Dunkelheit erspäht hatte?

»Vielleicht ist die Spur doch nicht so heiß«, raunte Till. »Sie sind zwar in den Lichtschein der Funzel da am Hausdach geraten, als sie sich in Richtung Fußgängerzone davonmachten, aber . . .«

In diesem Augenblick riss Rufus seinen Freund so ungestüm herunter, dass Till beinahe umgefallen wäre. »Da oben!« Rufus zeigte aufgeregt nach oben. »Das kleine rote Licht unter dem Dach!«

Da entdeckte auch Till die nur schwer erkennbare Kamera unter dem Vorsprung des Flachdaches, nicht weit von der Lampe entfernt. »Verflixt!«, fluchte er. »So sind sie also entdeckt worden. Und wahrscheinlich sind wir auch schon auf dem Film festgehalten. Jetzt müssen wir uns was einfallen lassen.«

Sind die zwei Spürnasen aufgeflogen?
Lies morgen weiter!

16. Dezember

Eine Zecke im Winter

Das war ihre Chance. Rufus und Till hatten sich doch vorgenommen, den Fall offensiv aufzuklären und nicht brav zu warten, bis der Anrufer mit seinen Forderungen an Hassan herantrat. Also hinein in den Tankshop! Wichtige Entdeckungen fallen Detektiven nicht einfach in den Schoß, die müssen sich mit Logik und scharfer Kombinationsgabe hart erarbeitet werden.

Ein paar Männer standen vor den Regalen herum und deckten sich mit Chips, Salzstangen und Crackern ein. Einer war in eine Autozeitschrift vertieft. Till und Rufus drängelten sich zur Kasse durch, wo der Tankwart bereits auf sie zu warten schien.

»Wir haben eine Frage«, begann Rufus.

Der Tankwart zupfte an seiner zum Irokesen hochgegelten Frisur herum. »So, so! Aber erst hab ich mal 'ne Frage. Was hattet ihr auf unserem Hinterhof zu suchen?«

Till tat, als überraschte ihn die Frage ungeheuerlich. »Was, Sie wissen, dass wir uns hinten auf dem Hof ein bisschen umgeschaut haben?«

Der Tankwart grinste überlegen. »Hier wird alles mit Überwachungskameras kontrolliert. Die Zapfsäulen, der Laden und selbstverständlich auch der Hinterhof. Mir entgeht nichts. Nicht die Autokennzeichen von Tankprellern, nicht die Langfinger hier im Shop und auch nicht die schrägen Gestalten, die sich bei den Gebrauchtwagen und beim Werkstattschuppen rumtreiben.« Er schnaufte, was wohl so eine Art Lachen sein sollte. »Man muss seine Augen überall haben!«

»Aber hinter dem Haus ist es doch zappenduster«, wandte Rufus ein, »und Sie haben uns trotzdem bemerkt?«

»Restlichtaufheller und Infrarot – wir sind bestens ausgerüstet. Die Überwachungsanlage ist auf dem neuesten Stand der Technik. Unser Chef hat weder Kosten noch Mühen gescheut.« Der Tankwart deutete auf die Monitore auf dem Kassentisch, dann schaute er die Jungen grimmig an. »Und jetzt beantwortet endlich meine Frage: Was hattet ihr auf unserem Hinterhof zu suchen?«

Ohne lang zu überlegen, hatte Till eine Ausrede parat. Die hatte er sich schon auf dem Weg in den Tankshop bereitgelegt, da mit der Frage zu rechnen war. »Wir haben uns bei den Gebrauchtwagen nur mal kurz umgesehen, ob ein interessantes Angebot dabei ist«, erklärte er. Sein Vater suche nämlich nach einem Auto. »Es soll eine Weihnachtsüberraschung für meinen Bruder sein. Der hat nämlich gerade die Meisterprüfung bestanden«, beendete er sein Märchen.

»Verstehe ich nicht«, knurrte der Tankwart. »Wieso schnüffelt ihr hier rum, wenn dein Vater 'ne Karre sucht?«

Till blinzelte verschwörerisch. »Reine Neugier. Mein Vater wollte nicht erzählen, ob er schon was gefunden hat. Er war aber gestern hier, das weiß ich sicher. Deshalb wollten wir selber mal schauen, ob er in Ihrer Firma was Geeignetes entdeckt hat. Vielleicht haben Sie meinen Vater ja gesehen. Grauer Vollbart, Pelzmütze, bisschen rundlich – sieht den Weihnachtsmännern in der Stadt ein bisschen ähnlich.«

Der Tankwart schien keine Lust mehr auf das Gespräch zu haben. »Hier hat sich gestern kein Weihnachtsmann und auch kein Osterhase blicken lassen. Und ich war den ganzen Tag da, von neun bis achtzehn Uhr. Wie jeden Tag in dieser Woche.« Und dann brummte er leise: »Aber ich hab gestern was ganz anderes gesehen.« Mit beiden Fäusten haute er plötzlich auf die Theke. »Hopp, zischt endlich ab! Merkt ihr nicht, dass ihr den ganzen Betrieb aufhaltet?«

Wortlos machten Till und Rufus sich auf die Socken. Den genuschelten Satz hatten sie sich gut gemerkt: *Ich hab gestern was ganz anderes gesehen.* Ihnen war sofort klar, was er damit

Play

gemeint hatte. Er hatte die drei Freunde gesehen, trotz der schlechten Beleuchtung auf dem Hinterhof. Nun stellte sich nur die Frage, ob er einen von ihnen erkannt hatte.

Die beiden Jungen rannten über den Zebrastreifen und ließen sich auch nicht von den laut hupenden und schimpfenden Autofahrern aufhalten. Als sie bei der Imbissstube ankamen, wartete Hassan schon ganz ungeduldig. Deshalb berichteten sie hastig, was sie bei der Tankstelle ermittelt hatten. Hassan war mächtig beeindruckt.

»Kennst du den Tankwart mit dem Iro?« Rufus deutete die Frisur des Tankwarts mit den Händen an. »Er ist so um die dreißig, hat 'ne sportliche Figur und Dreitagebart.«

»Kennen wäre zu viel gesagt.« Hassan wiegte den Kopf nachdenklich hin und her. »Ich weiß nicht mal seinen richtigen Namen. Er wird von den Mitarbeitern der Tanke immer bloß Zecke genannt.«

Till fand den Spitznamen witzig. »Und wieso nennen die ihn Zecke? Das muss doch eine Bedeutung haben.«

»Hat's wahrscheinlich auch.« Hassan rieb die Handschuhe aneinander. »Aber die kenn ich nicht. Mir fällt nur noch ein, dass er wohl ein besessener Billardspieler ist, das hat mal einer seiner Kollegen gesagt. Aber mehr weiß ich nicht.«

»Ich fasse mal zusammen«, sagte Rufus. »Du weißt, wer er ist, und wir vermuten, dass er weiß, wer du bist. Wahrscheinlich hat er dich gestern oder vielleicht schon vorher auf dem Monitor am Kassentisch an deiner weißen Jacke erkannt. Es wäre also möglich, dass er der rätselhafte Anrufer ist.«

»Kann schon sein.« Hassan breitete die Arme aus. »Ich weiß es nicht, aber ich weiß, dass ich Hunger habe. Deshalb gebe ich jetzt eine Runde Pommes rot-weiß aus, okay? Mit vollem Bauch kann man besser denken.«

Den Vorschlag fanden Rufus und Till selbstverständlich prima.

Die freundliche Verkäuferin schob den drei Jungen extragroße Portionen über den Tresen. Schließlich sei ja bald Weihnachten, sagte sie mit einem Lächeln.

Till fragte Hassan mit vollem Mund: »Trägst du eigentlich immer diese weiße Jacke?«

»Im Winter immer.« Hassan nickte eifrig. »Die hat mir mein Papa aus Peru mitgebracht. Reine Alpakawolle. Das ist was ganz Besonderes. Alpakas sind so was Ähnliches wie Lamas, nur ein bisschen kleiner.«

»Weiß doch jeder«, behauptete Rufus. »Was hat dein Papa denn in Peru gemacht?«

»Staudamm gebaut. Mein Vater ist Hydrologe.«

Till verschluckte sich fast. »Hydro – was?«

»Wasserwissenschaftler. Er ist Ingenieur für alles, was mit Wasser zu tun hat«, erklärte Hassan stolz. »Zurzeit arbeitet er mit seinem Team in Niger an einem wahnsinnig komplizierten Projekt. Sie bohren Brunnen und müssen dafür in Erdschichten vordringen, die mehrere Kilometer unter der Erdoberfläche liegen. Für die Bewohner in Niger ist das überlebenswichtig. Dort regnet es manchmal ein Jahr lang nicht. Stellt euch das mal vor! Mein Papa und sein Team werden noch mindestens drei Monate brauchen, aber zu Weihnachten kommt er für ein paar Tage nach Hause. Ich freue mich schon riesig.« Hassan wischte sich mit dem Handrücken Ketchup aus den Mundwinkeln. »Er stammt übrigens aus Algerien, mein Vater, und meine Mutter kommt aus dem Libanon. Ziemlich bunt gemischt, nicht wahr? Aber ich bin hier geboren.« Hassan nahm sich noch eine Pommes und schob sie sich in den Mund. »Mann, warum ruft der Typ nicht an? Die Warterei macht mich ganz verrückt!«

Plötzlich riss Till die Augen auf. »Wer kommt denn da?«

Wen hat Till entdeckt?
Lies morgen weiter!

17. Dezember

Mit Adlerinnenaugen

Die Jungen trauten ihren Augen nicht. Was sollte das denn? Auf einmal standen Paula und Kerstin vor ihnen. Und sie genossen offensichtlich den Überraschungseffekt, der sich deutlich auf den verdutzten Gesichtern ihrer Freunde spiegelte. Sie nutzten diesen Moment, um sich ein paar Pommes aus den Pappschälchen zu stibitzen.

»Was macht ihr denn hier?« Hassan bekam endlich den Mund wieder zu.

»Dasselbe wie ihr«, antwortete Kerstin trocken. »Ihr glaubt doch nicht im Ernst, dass ihr auf große Verbrecherjagd gehen könnt und wir Mädchen brav zu Hause sitzen bleiben und Däumchen drehen. Herzlich willkommen im 21. Jahrhundert – falls ihr das noch nicht gemerkt habt.«

»Das hätt' ich mir ja gleich denken können, dass ihr auch euren Senf dazugeben wollt.«

Kerstin ignorierte Tills Kommentar und fuhr fort. »Wir haben ebenfalls nachgedacht und sind auch auf die Idee gekommen, dass man bei der Tankstelle ansetzen muss. Deshalb haben wir uns auf den Weg gemacht.« Kerstin machte eine kurze Pause. »Und als wir hier ankamen, sehen wir euch drei, fröhlich Fritten futtern und plaudern.«

Till schüttelte den Kopf. »Wir plaudern nicht, wir sprechen über Ermittlungen. Außerdem habe ich den Eindruck, dass wir einander ständig nachlaufen. Das ist doch pure Energieverschwendung und bringt nichts.«

Kerstin ließ sich nicht einschüchtern. »Habt ihr denn schon irgendwas herausgefunden, das uns weiterhilft?«

»Und ob«, begann Hassan und berichtete, was Rufus und Till bei der Tankstelle erlebt hatten und dass sie den Tankwart Zecke in Verdacht hätten, der rätselhafte Anrufer zu sein. »Wir hätten damit rechnen müssen, dass es auch auf der

Rückseite der Tankstelle eine Überwachungskamera gibt. Wenn es ganz doof läuft, hat der tatsächlich einen Film, auf dem wir drei zu sehen sind. Mensch, das ist ein astreiner Beweis«, schloss er etwas panisch seinen Bericht.

»Jetzt mach dich mal nicht verrückt. Offensichtlich ist die Qualität dieses Films nicht so toll, denn er hat ja nur dich erkannt. Und das auch nur an deiner blöden Jacke«, versuchte Till ihn zu beruhigen.

»Und was ist, wenn der damit zur Polizei geht?«, fragte Hassan, dessen Stimme etwas zitterte.

»Dann hätte er dich nicht angerufen. Der will irgendwas!«

Paula hatte dem Bericht aufmerksam zugehört und fragte nun ein wenig ratlos: »Und was passiert jetzt?«

»Wir werden Zecke beschatten«, erklärte Till. »Wenn er Hassan erpressen will, dann wird er das sicher bald tun. Aber wir dürfen nicht darauf warten, dass er sich meldet, wir müssen ihn schon vorher überführen.« Till schaute seine Freunde einen nach dem anderen an, um zu sehen, ob sie ihm folgen konnten. Dann fuhr er fort. »Zecke hat gesagt, dass er in dieser Woche immer um achtzehn Uhr Feierabend hat. Und das ist unsere Chance, da werden wir uns an ihn hängen und versuchen herauszufinden, wohin er geht, was er macht und mit wem er sich trifft!«

»Und wenn er bloß zum Billardspielen geht?«, gab Hassan zu bedenken. »Zecke ist übrigens sein Spitzname und soweit wir wissen, ist das sein Hobby«, erklärte Hassan den beiden Mädchen und fügte hinzu, »außerdem hat er eine total krasse Frisur – einen Irokesen.«

»Den kenn ich!«, rief Kerstin. »Den hab ich auch schon mal an der Tanke gesehen. Und ihr glaubt, der ist ein Gangster?«

»Detektive glauben gar nichts«, knurrte Rufus und warf das Pappschälchen in den Abfallkorb. »Detektive recherchieren und überprüfen. Nur Fakten und Beweise zählen. Lasst uns mal überlegen, wie wir am besten vorgehen. Hassan darf auf

Play

keinen Fall bei der Verfolgung dabei sein, das wäre zu riskant. Till und ich haben vor ein paar Minuten noch mit Zecke gesprochen, also können wir ihm auch nicht folgen. Da bleiben also nur noch zwei übrig . . .«

». . . Kerstin und ich natürlich.« Paula hüpfte auf der Stelle, denn trotz der dicken Fellstiefel fühlten sich ihre Füße wie Eisklumpen an. »Klar, übernehmen wir die Verfolgung. Wir können uns ja richtig nah rantrauen, uns kennt er ja nicht.«

Hassan hatte Bedenken. »Und wenn es gefährlich wird? Ich meine . . .«

Doch Paula winkte lässig ab. »Jetzt mach dir nicht ins Hemd, die diebischen Katzen sind hart im Nehmen.«

Gemeinsam schmiedeten sie einen Plan, denn es war nur noch eine knappe Viertelstunde, bis Zecke Feierabend hatte. Die Mädchen sollten ihm möglichst unauffällig und dicht auf den Fersen bleiben und herausfinden, was er vorhatte. Die Jungen würden einzeln und aus größerer Entfernung Kerstin und Paula folgen und sie nicht aus den Augen lassen. Sie würden ihnen Rückendeckung geben. Und falls sie plötzlich verschwinden müssten oder sich verlieren sollten, machten sie als Treffpunkt Rufus' Wohnung aus.

»Wenn möglich, macht so viele Fotos, wie ihr nur könnt. Eure Handys habt ihr doch dabei, oder?«, fragte Till. »Wir brauchen Beweise.«

»Ihr müsst auf alles achten«, fügte Rufus hinzu. »Mit Adleraugen sozusagen.«

»Nee, mit Adler*innen*augen!«, kichterte Kerstin und rannte Paula hinterher, die schon losgegangen war.

Zapfhähne klackten, Autotüren wurden zugeschlagen, aus dem Kofferraum eines angerosteten BMW ragte ein Christbaum, fette Tauben trippelten zwischen den Mülleimern umher und pickten nach Speiseresten, im kalten Neonlicht flimmerte Schneeregen, die Ziffern an den Tankuhren zuckten weiter und in Pfützen schimmerte ausgelaufenes Benzin wie bunte Regenbogen. Nur am Rande nahmen die Mädchen diese Eindrücke wahr. Sie standen an der Einfahrt der Tankstelle und Paula reckte immer wieder den Hals, wenn ein neues Auto an die Tankstelle heranfuhr. Es wirkte, als würden sie auf jemanden warten. Das war die ideale Tarnung, um Zecke zu beobachten. Der war noch immer im Tankshop hinter der Kasse, obwohl es längst nach sechs war und sein Kollege, der ihn ablösen sollte, schon neben ihm stand.

Endlich! Paula und Kerstin atmeten erleichtert auf. Zecke klopfte dem kleiderschrankgroßen Kerl, der nun seinen Posten übernahm, auf die Schulter und verschwand durch eine schmale Tür zwischen den Kühlregalen.

Kerstin fasste Paula am Arm. »Jetzt geht's los. Der darf uns nicht entwischen. Lass uns zur Ausfahrt gehen, da haben wir die Tür besser im Blick.«

»Und was ist, wenn er mit einem Auto abhaut?« Paula klopfte ihre eiskalten Hände aneinander. »Dann sehen wir ganz schön alt aus.«

Aber Zecke haute nicht mit dem Auto ab. Er kam durch eine Seitentür bei der Waschstraße. Er trug jetzt eine dunkle Winterjacke mit Fellkragen. Zielstrebig ging er schnellen Schrittes in Richtung Weihnachtsmarkt. Kurz vorher bog er in eine kleine Gasse. *Billardsalon* stand in blauer Leuchtschrift über dem Lokal, das Zecke betrat. Paula und Kerstin warteten, bis er drin verschwunden war, dann näherten sie sich vorsichtig der Kneipe.

Will Zecke bloß Billard spielen?
Lies morgen weiter!

18. Dezember

Die Stimme aus dem Dunkeln

Im ersten Moment waren die Mädchen enttäuscht. Das sollte schon alles sein? Zecke verschwindet in diesem Billardsalon und spielt ein paar Spielchen? Das war ungefähr so mysteriös wie das Verschwinden der Weihnachtsplätzchen aus der Keksdose. Paula und Kerstin hatten kurz Zweifel, ob Zecke wirklich ihr Mann war. Um sicherzugehen, mussten sie ihm hinterher.

»Fühlen sich deine Knie auch wie Wackelpudding an?«, fragte Kerstin ihre Freundin.

Paula nickte. »Wir müssen aber trotzdem da rein. Vielleicht ist Zecke gar nicht zum Spielen gekommen.«

Drei, vier Minuten warteten sie noch, dann nutzten sie die Chance und folgten einem jungen Mann in Motorradkluft in die Kneipe. Ihre Herzen klopften bis zum Hals.

Schummriges Licht empfing sie. Nur die vier Billardtische waren gut ausgeleuchtet, sodass man sogar die Gesichter der Spieler erkennen konnte. Allerdings wurde nur an einem Tisch gespielt. Zecke lehnte an der Wand bei den Stehtischen. Der Mann in dem Motorradoutfit näherte sich ihm. Die beiden begrüßten sich, als würden sie sich schon lange kennen, machten aber keine Anstalten, nach einem Queue zu greifen. Genauso wenig achteten sie auf das Klacken der Kugeln. Anscheinend waren sie nicht zum Spielen gekommen, sondern zum Reden.

»Was quatschen die da?«, murrte Kerstin ungeduldig. Sie standen immer noch im Eingangsbereich und konnten sich nicht entschließen, weiter reinzugehen.

Plötzlich zuckten Paula und Kerstin zusammen. Die Wirtin, die eben noch Zecke und den Motorradfahrer bedient hatte, stand vor ihnen. Die füllige Frau in einem fliederfarbenen Pullover wischte sich eine Haarsträhne aus dem Gesicht und verschränkte die Arme über der Brust. Wie eine riesige Eule starrte sie die Mädchen an, die sich mit einem Mal ganz klein vorkamen.

»Darf man fragen, was die jungen Damen hier zu suchen haben?« Der Blick der Frau war nicht unfreundlich, eher erstaunt. »Zutritt erst ab achtzehn. Habt ihr das Schild am Eingang nicht gesehen?«

In Paulas Kopf wirbelten die Gedanken durcheinander. Wir sind so blöd, dachte sie, warum haben wir uns nicht eine passende Ausrede ausgedacht, bevor wir hier reingekommen sind?

Da begann Kerstin schon zu sprechen. »Es ist so schrecklich kalt draußen«, sagte sie und nickte zur Tür. »Wir dachten, wir könnten uns für ein paar Minuten in Ihrem Lokal aufwärmen.«

Und ehe die Wirtin etwas sagen konnte, redete Paula weiter: »Wir müssen nämlich für Sozialkunde einen Fotobericht zum Thema ›Abseits des Weihnachtsmarktes‹ machen. Es soll was Außergewöhnliches und Originelles sein und darf mit Weihnachten nichts zu tun haben. Und wir sind schon seit einer Stunde draußen unterwegs.«

Der Blick der Frau wurde freundlicher. »Also gut, wärmt euch kurz auf und dann schwirrt ihr wieder ab.«

»Puh, das war knapp«, schnaufte Paula, als die Wirtin wieder am Tresen war. Der erste Schreck war verflogen und sie fühlte, wie sich ihr Herz wieder beruhigte. »Ich hätte nicht gedacht, dass die Sozialkunde-Hausaufgabe doch noch eine gute Seite hat«, lachte sie schon wieder.

»Stimmt«, sagte Kerstin abwesend. »Zecke und der Motorradtyp treffen sich doch nicht zufällig hier. Die sind doch eindeutig verabredet. Mensch, wer ist der Typ?«

»Ich hab's«, sagte da Paula. »Draußen hetzen die Menschen gestresst von Geschäft zu Geschäft, weil sie noch die letzten Weihnachtsgeschenke brauchen. Die sind alle im Kauf-

Play

rausch. Und hier drinnen wird gemütlich Billard gespielt. Das absolute Kontrastprogramm! Das wäre tatsächlich das Superthema für unseren Fotobericht und wir können zwei Fliegen mit einer Klappe schlagen.«

Kerstin warf der Freundin einen bewundernden Blick zu. Zum Glück hatte die Wirtin nichts dagegen, dass die zwei Mädchen mit ihren Handys ein paar Fotos schossen. Die beiden Spieler am Billardtisch waren ungemein stolz, dass Bilder von ihnen gemacht wurden. Sie stellten sich in Pose und stießen die Kugeln mit besonderer Eleganz über den Tisch. Dabei grinsten sie wie Filmstars.

Die Mädchen fühlten sich richtig wohl in ihrer Rolle als begeisterte Reporterinnen. Dass ihr Interesse sich aber auf weit mehr als nur das Lokal und die beiden Billardspieler erstreckte, ließen sie sich nicht anmerken. Geschickt schafften sie es, heimlich auch Bilder von Zecke und seinem Gesprächspartner zu machen. Die unterhielten sich immer noch angeregt und nahmen die Mädchen überhaupt nicht wahr. Der junge Mann trommelte mit der linken Hand nervös auf dem Tisch und fuchtelte mit der rechten vor Zeckes Gesicht herum.

»Mich würde brennend interessieren, worüber die reden«, flüsterte Kerstin ihrer Freundin zu, nachdem sie die Fotosession beendet hatten. »Zwischen den beiden geht es ja hoch her. Schau mal, die haben noch nicht einmal ihre Getränke angerührt.«

»Ich find es unheimlich. Der Motorradtyp gestikuliert so viel und wirkt so nervös. Der hat doch was zu verbergen«, sagte Kerstin, in der so langsam die Angst hochkroch. Irgendwie wirkten die beiden bedrohlich.

In dem Moment polterte es am Eingang und weitere Männer betraten lärmend die Kneipe. Sie bestellten sich was zu trinken und griffen sich Billardstöcke aus dem Regal.

»Komm, Paula, lass uns gehen. Wir haben genug Fotos.«

Das ließ Paula sich nicht zweimal sagen. Auch sie fühlte

sich immer unwohler. Sie winkten der Wirtin zu und verließen die Kneipe. Als sie wieder auf der Straße standen, atmeten sie erst mal durch.

Till, Hassan und Rufus warteten an der nächsten Ecke auf die Mädchen. Sie hatten beobachtet, wie der Typ in der Ledermontur seine Honda unter einer Laterne abgestellt und die Kneipe betreten hatte. Inzwischen standen sie um das Motorrad herum und begutachteten es fachmännisch.

»Wahnsinnsteil«, meinte Rufus bewundernd, »das ist ein Fireblade. So eine Maschine kauf ich mir später auch mal.«

»Aber bei der Kälte Motorrad fahren? Da wird man doch schockgefrostet!«, hatte Hassan Einwände.

Kerstin und Paula eilten zu ihren Freunden. Aber erst als sie direkt neben dem Motorrad standen, bemerkten die Jungs sie und hoben ihre Köpfe.

»Da seid ihr ja. Wir haben euch gar nicht kommen sehen.«

»Ihr seid mir ja ein paar Superdetektive. Da braucht es nur ein Motorrad und schon kriegt ihr um euch herum nichts mehr mit«, sagte Kerstin und schüttelte den Kopf. Dann fuhr sie fort. »Zecke unterhält sich dadrin mit einem Motorradfahrer.«

»Scheint um was Spannendes zu gehen. Wir haben die beiden heimlich fotografiert und gefilmt«, berichtete Paula eifrig. »Wer der Motorradfahrer ist, wissen wir aber nicht.«

»Er heißt Beppo Prehm«, sagte da plötzlich eine Stimme aus dem Dunkeln, »und bei der Polizei ist er ein alter Bekannter.« Ein Mann mit schwarzem Hut und langem Wollmantel trat aus dem Hausschatten ins Laternenlicht. Jetzt sah man auch, dass er einen buschigen Schnauzer trug, der stark an einen Seehund erinnerte. »Ich bin Kommissar Ballhaus. Ich muss euch bitten, mich aufs Präsidium zu begleiten!«

Was will der Kommissar von den Freunden?
Lies morgen weiter!

19. Dezember

Der Kommissar erzählt

Unsicher, was sie erwartete, folgten sie dem Kommissar in sein Büro. Hier war es ruhig, während es im restlichen Polizeirevier laut und hektisch zuging. Als sie ankamen, war ein junger Polizist gerade damit beschäftigt, ein schreiendes Kind zu beruhigen, das auf dem Weihnachtsmarkt seine Eltern verloren hatte; eine Beamtin mit strengem Gesichtsausdruck hatte die Personalien eines Taschendiebes aufgenommen und eine alte Dame fragte, ob ein dunkelrotes Portemonnaie abgegeben worden sei.

Im Büro des Kommissars gab es nicht genügend Stühle, deshalb standen Hassan und Kerstin hinter den anderen. Ein Polizeibeamter mit rötlichem Ziegenbärtchen und zu enger Jacke brachte Tee in Pappbechern, der viel zu dünn schmeckte, dafür aber schön heiß war.

Kommissar Ballhaus hatte den Hut und den langen Mantel abgelegt und sich in den Drehsessel hinter seinem Arbeitstisch gesetzt. Er schaute den drei Jungen und den beiden Mädchen der Reihe nach ins Gesicht und sagte dann: »Jetzt erzählt mal. Woher kennt ihr Beppo Brehm? Und was habt ihr in dieser Billardkneipe zu schaffen?« Dabei schaute er Kerstin und Paula an. Doch die beiden machten keinen Mucks. Auch die Jungen waren verschwiegen wie Gräber.

»Also gut«, änderte der Kommissar seine Taktik, »dann fang ich an. Beppo Prehm und Udo Mayschak – ihr kennt ihn wahrscheinlich nur unter seinem Spitznamen Zecke – beobachten wir schon seit Längerem. Auch die Billardkneipe überwachen wir. Ich finde es ja schon merkwürdig, dass ich ausgerechnet ein paar Jugendliche dabei erwische, wie sie den beiden Männern nachspionieren.«

Der Kommissar ließ seine Worte kurz im Raum stehen. Offensichtlich erwartete er aber keine Antwort, denn er fuhr fort. »Früher war diese Billardkneipe sehr beliebt. Doch seit geraumer Zeit scheint sich dort ein illegales Wettbüro angesiedelt zu haben.«

»Davon wussten wir nichts«, stammelte Kerstin erschrocken.

Kommissar Ballhaus ging nicht weiter auf die Bemerkung ein. Er berichtete weiter, dass in dieser Kneipe auch immer öfter Turniere stattgefunden haben, bei denen es nicht mit rechten Dingen zugegangen sei. Immer wieder verlor ein Favorit, auf den viele gewettet hatten. So wie es schien, steckte Absicht dahinter und der Kommissar nahm an, dass diese Spieler hohe Summen dafür einsteckten. Das sei Wettbetrug, erklärte er ernsthaft, und der müsse unterbunden werden.

Er trank einen Schluck aus seiner Kaffeetasse. »Wir arbeiten mit den Kollegen vom Glücksspieldezernat an diesem Fall zusammen. Mich interessieren hauptsächlich ein paar Zeitgenossen, die der Polizei schon bekannt sind – wie Beppo Prehm und Udo Mayschak. Wir wissen, dass sie bei den Turnieren hohe Einsätze gemacht haben und alles verloren haben. Wir observieren sie schon eine ganze Weile, weil wir vermuten, dass sie erneut Straftaten planen, um an Geld zu kommen.«

Der Kommissar knallte die leere Tasse auf den Schreibtisch. »Und da ertappe ich euch dabei, dass ihr Emil und die Detektive spielt und den beiden nachschleicht und sogar in den Billardsalon folgt! Zum Teufel, begreift ihr nicht, wie gefährlich das ist? Man weiß nie, wie Straftäter reagieren, wenn sie sich beobachtet fühlen.«

»Wir sind doch bloß Zecke gefolgt«, bemerkte Paula kleinlaut. »Wir wussten doch nicht, wer der Motorradfahrer ist und dass er sich mit Zecke in der Kneipe treffen würde. Wir haben ihn vorher noch nie gesehen.«

Emil und die Detektive! So ein Unsinn! Rufus fühlte sich in seinem Detektivstolz beleidigt. »Wir haben Zecke aus einem

Play

ganz bestimmten Grund verfolgt«, verteidigte er sich und seine Freunde.

»Ach nee!« Der Kommissar lehnte sich in seinem Stuhl zurück. »Da bin ich aber neugierig. Was für ein Grund ist das denn?«

Hassan wurde unruhig und verlagerte sein Gewicht von einem Fuß auf den anderen. Er kämpfte mit sich. Sollte er dem Kommissar alles erzählen? Er konnte nicht länger ruhig dasitzen und plötzlich sprudelte es einfach aus ihm heraus: »Es hat mit mir zu tun. Ich hatte vor Kurzem so einen merkwürdigen Anruf und da hab ich . . .«

Rufus ließ Hassan nicht ausreden. Das fehlte gerade noch, dass Hassan sich verplapperte und die Weihnachtswichtel aufflogen! »Ja, dieser merkwürdige Anruf, der kam uns äußerst verdächtig vor. Da ruft bei Hassan ein Unbekannter an – anonym und mit verstellter Stimme – und fragt ihn, ob er nicht ein paar Freunde hätte, mit denen zusammen er sich ein bisschen Weihnachtsgeld verdienen möchte. Worum es geht, hat er nicht gesagt.« Rufus hob die Schultern und schaute den Kommissar unschuldig an. »Wir dürften aber mit niemandem darüber sprechen und er melde sich bald wieder. Dann hat er das Gespräch einfach beendet.« Der Kommissar sagte kein Wort und Rufus fuhr einfach fort. »Hassan hat uns sofort davon erzählt. Ist ja auch mysteriös. Ich hab selbstverständlich sofort an was Kriminelles gedacht, Herr Kommissar. Sie müssen wissen, dass ich über ein gewisses detektivisches Gespür verfüge«, schloss Rufus seine Erläuterung.

Es kostete den Kommissar große Mühe, sich zusammenzureißen und ein Lachen zu verkneifen. Er räusperte sich und fragte: »Aha. Und wieso glaubt ihr, dass es sich bei dem Anrufer um Zecke handelt?«

»Weil Hassan im Hintergrund typische Tankstellengeräusche gehört hat«, schaltete Till sich ein. »Da haben wir kombiniert, dass es die Tankstelle in der Innenstadt sein muss, weil

Hassan da schon öfter war. Er kennt Zecke vom Sehen und wir sind uns sicher, dass Zecke ihn auch kennt. Wir wollen herausfinden, was er so treibt, mit wem er sich trifft und in was für eine illegale Nummer er Hassan reinziehen will. Uns trickst man nicht so leicht aus!«

»Wenn ihr solch einen Verdacht habt, warum wendet ihr euch dann nicht an die Polizei?«, fragte der Kommissar wieder mit ernster Stimme.

Diesmal antwortete Paula. »Wenn wir mit diesem Verdacht hier aufgekreuzt wären, dann hätte man uns doch bloß ausgelacht. Wir können doch gar nichts beweisen.«

Kommissar Ballhaus haute mit der Faust auf den Tisch.

»Mit der Beobachtung von Zecke ist jetzt Schluss. Das ist viel zu gefährlich für ein paar Kinder. Außerdem behindert ihr damit unsere Polizeiarbeit und das ist strafbar.« Dabei schaute er sie streng an. Dann reichte er Hassan ein Kärtchen. »Hier, da stehen meine Dienst- und Privatnummer drauf. Egal, ob Tag oder Nacht, du meldest dich sofort, wenn dich der Unbekannte wieder anruft. Verstanden?«

Nach dieser Standpauke verließen die Freunde das Revier mit gesenkten Köpfen.

Wird Hassan lange auf den zweiten Anruf warten müssen? Lies morgen weiter!

20. Dezember

Ein gefährlicher Plan

In dieser Nacht konnte Hassan kaum schlafen. Unruhig wälzte er sich im Bett hin und her und schreckte immer wieder aus den Kissen hoch, weil er meinte, sein Handy klingeln zu hören. Aber dann in den frühen Morgenstunden, draußen war es noch stockfinster, war es wirklich die Handymelodie, die Hassan hochfahren ließ. Mit zittriger Stimme meldete er sich.

»Hör genau zu, ich sag's nur ein Mal!« Es war der Unbekannte mit der verstellten Stimme. Er erklärte knapp, was Hassan und seine beiden Freunde am Abend zu tun hätten. »Ihr solltet keinen Fehler machen, sonst lass ich euch hochgehen. Verstanden?«

»K-k-klar«, stammelte Hassan. Dabei hätte er am liebsten ins Telefon gebrüllt: Ich weiß, wer Sie sind! Aber das verkniff er sich lieber. Etwas versöhnlicher fügte die Stimme am anderen Ende der Leitung hinzu, dass jedem eine Belohnung von fünfzig Euro winke, wenn alles reibungslos klappte. »Das ist doch ein hübsches Weihnachtsgeschenk, oder?« Ein Lachen und dann war das Gespräch beendet.

Hassan saß verdattert auf der Kante seines Bettes. Jetzt musste er erst einmal seine Gedanken ordnen. Dann rief er Till und Rufus an und berichtete von dem Gespräch. Die beiden Jungen waren auch sofort hellwach. Endlich kam Bewegung in den Fall! Mit Kerstin und Paula wollte Hassan sich nach dem Frühstück treffen, wenn seine Mutter in der Praxis sein würde, die sie auch am Samstag für ihre Patienten geöffnet hatte.

Und dann, wie versprochen, wählte Hassan Kommissar Ballhaus' Nummer, der bereits in seinem Büro war. Hassan sprudelte los, als hätte jemand einen Wasserhahn aufgedreht. Der Kommissar ließ den aufgeregten Jungen einfach reden.

Als Hassan seinen Bericht schließlich beendete, war der Kommissar kein bisschen überrascht. »Ich hatte mir schon gedacht, dass es so kommen würde. Komm bitte mit deinen Freunden heute Mittag um ein Uhr aufs Revier. Wir besprechen dann, wie wir vorgehen werden.«

»In Ordnung, Herr Kommissar!«

Wieder rief Hassan bei Rufus und Till an und informierte sie über das Treffen im Polizeirevier. Dann ging er zu Paula, wo er auch Kerstin traf, und erzählte ihnen alles. Nun warteten sie aufgeregt und bemühten sich, die Zeit bis zum Mittag irgendwie über die Runden zu bringen. Till lenkte sich ab, indem er sich endlich eine kleine Sperrholzplatte besorgte und mit der Arbeit an dem König für Oma Käthes Krippe begann. Kerstin probte ihren Weihnachtsrap, verhaspelte sich aber dauernd mit dem Text, weil sie so aufgeregt war. Rufus zupfte die Akkorde von »I Wish It Could Be Christmas Every Day«. Aber auch er konnte sich nicht konzentrieren, denn er musste immer wieder an Zecke denken. Paula half ihrer Mutter beim Spekulatiusbacken und naschte immer wieder vom Teig. Der war so schön süß und half gegen die Nervosität. Und Hassan? Der saß an seinem Schreibtisch und kritzelte in seinen Zeichenblock. Eigentlich wollte er Robin Hood und seine Räuberbande zeichnen, doch die Figuren sahen eher wie die Mainzelmännchen aus.

Endlich war es ein Uhr und die fünf Freunde trafen sich vor dem Polizeirevier. Bevor sie es betraten, schärfte Rufus allen noch einmal ein, wie wichtig es war, dass kein Wort über die Weihnachtswichtel fiel. Sie durften sich nicht verraten.

Eine Beamtin brachte sie in einen Konferenzraum, in dem der Kommissar, ein uniformierter Polizist und ein in Zivil gekleideter Beamter sie in Empfang nahmen.

»Auf die Minute genau. Das lob ich mir«, begrüßte der Kommissar die Gruppe. »Nehmt Platz. Hassan, erzähl doch bitte noch einmal genau, was der Anrufer verlangt hat.«

Play

Hassan räusperte sich und begann, ziemlich verlegen zu reden. »I-i-ich soll mit zwei Freunden heute Abend kurz vor sechs bei den Gebrauchtwagen auf der Rückseite der Tankstelle warten. Da soll eine Lampe sein, die um sechs Uhr dreimal aus und an geht . . . Und dann . . . dann sollen wir in den Tankshop rennen. Zur Kasse. Und wir sollen uns als Wichtel verkleiden . . . mit unseren Masken vorm Gesicht . . .«

»Genau, Hassan soll sich zwei Komplizen suchen und die drei sollen sich als Weihnachtswichtel verkleiden.« Till hatte Hassan einfach unterbrochen, weil dieser drauf und dran war, alles auszuplappern. »Ziemlich raffiniert! Es soll nämlich so aussehen, als wären sie diese diebischen Wichtel, die in der Zeitung abgebildet waren«, fuhr Till einfach fort und warf den Polizisten verschwörerische Blicke zu.

»Eindeutig ein Ablenkungsmanöver«, bemerkte einer der Beamten. »Das Muster ist klar. Die drei sollen die Aufmerksamkeit der Kunden auf sich ziehen und an anderer Stelle schlägt dann der eigentliche Täter zu. Uralter Trick.«

Nun übernahmen die Polizisten das Reden. Till und die anderen hörten gespannt zu, wie der Polizeieinsatz für den Abend geplant wurde und welche Rolle sie spielen sollten. »Rufus, du übernimmst Hassans Rolle. Ihr tauscht auch bitte eure Jacken. Mayschak wird mit dir rechnen, Hassan. Mit diesem Manöver können wir ihn verwirren und vielleicht aus der Reserve locken. Ihr braucht euch aber keine Sorgen zu machen. Wir sind jederzeit bei euch«, erklärte Kommissar Ballhaus. Paula und Kerstin sollten auch aktiv teilnehmen, was Hassan und Till ganz und gar nicht lustig fanden. Sie wollten nicht nur Zuschauer sein, aber der Kommissar ließ ihre Einwände nicht gelten.

Dann hieß es wieder warten. Bis sechs Uhr waren es noch einige Stunden. Um sich abzulenken, gingen die Freunde zusammen auf den Weihnachtsmarkt und holten sich Schokoäpfel und gebrannte Mandeln.

Pünktlich zur verabredeten Zeit standen Kerstin, Paula und Rufus schlotternd vor Kälte hinter der Tankstelle. Sie wussten, dass sie nichts zu fürchten hatten, denn das Gelände war von Polizisten umstellt. Beppo Prehms Motorrad, das beim Nebeneingang gestanden hatte, befand sich längst in der Obhut der Polizei.

Plötzlich ging die Lampe dreimal aus und an.

Obwohl Rufus und die Mädchen auf dieses Signal vorbereitet waren, zuckten sie heftig zusammen. »Auf geht's!«, rief Rufus und sie rannten los: um die Hausecke und durch die Automatiktür in den Shop hinein, direkt auf den Kassentresen zu.

Zecke kassierte gerade. Er riss die Augen weit auf, als er die drei Jugendlichen erblickte. Blitzschnell griff er nach unten und gleich darauf schwang er einen Baseballschläger. Er sprang um die Theke herum. Die Kassenschublade ließ er offen.

»Raubüberfall!«, brüllte Zecke. »Das sind die diebischen Wichtel! Wartet, euch werd ich's geben!« Er fuchtelte mit dem Schläger, doch im nächsten Augenblick erstarrte er in der Bewegung. »Du bist . . . du bist ja gar nicht Hassan!«, stammelte er. »Und ihr habt auch keine Masken und Bärte . . .«

»Spinnen Sie?« Rufus tat empört. »Ich kenne keinen Hassan. Was soll das? Begrüßen Sie jeden Kunden mit dem Baseballschläger?«

»Wir wollen doch bloß Kaugummis kaufen!«, fügte Paula unschuldig hinzu.

In dem Moment huschte ein Mann in Motorradmontur und mit einer schwarzen Sturmhaube über dem Kopf wie ein Schatten aus der Toilette zur Kasse. Als er die Bündel Geldscheine an sich riss, griff die Polizei zu und das Spiel war aus.

Sind die Weihnachtswichtel jetzt außer Gefahr?
Lies morgen weiter!

21. Dezember

Was weiß der Kommissar?

An der Tankstelle herrschte das pure Chaos. Kunden schrien durcheinander und standen im Weg rum. Polizisten strömten in den Tankshop, um den Tatort zu sichern. Rufus, Kerstin und Paula standen mittendrin und blickten dem Treiben erschrocken zu. Obwohl sie den Plan gekannt hatten und sogar Teil davon waren, hatte der schnelle Zugriff sie doch überrascht.

Zecke und Beppo Prehm, dem die Sturmhaube vom Kopf gerissen worden war, starrten fassungslos und mit zusammengekniffenen Lippen auf die Handschellen an ihren Handgelenken. Sie schienen erst allmählich zu begreifen, dass ihr genialer Plan, sich die Tageseinnahmen unter den Nagel zu reißen, nicht funktioniert hatte.

Kommissar Ballhaus schob sich gerade durch die Menschenmenge und musterte die beiden Diebe ganz genau. Dann nickte er. »Das war wohl nichts.« Zecke blickte ihn wütend an. »Ich kann es nicht fassen, dass Sie nun sogar schon Kinder in Ihre Gaunereien mitreinziehen. Noch nie was von Ganovenehre gehört?«, fuhr der Kommissar verärgert fort. »Wir haben Sie beide schon länger im Verdacht, für verschiedene Einbrüche verantwortlich zu sein. Endlich haben wir Sie auf frischer Tat ertappt. Das dürfte reichen, um Sie für längere Zeit hinter Gitter zu bringen. Da waren die Spielschulden und Wettverluste durch die unerlaubten Billardturniere wohl zu groß?« Die Beschuldigten schauten den Kommissar immer ungläubiger an. »Sie hören richtig. Das wissen wir ebenfalls.«

»Sie wollen uns doch nur Angst machen. Davon weiß ich nichts«, versuchte Zecke sich herauszuwinden.

»Das habe ich gar nicht nötig. Die Beweislage ist erdrückend. Darauf können Sie wetten.« Der Kommissar grinste Zecke an. »Dass Sie sich die prallvolle Kasse der Tankstelle nicht entgehen lassen konnten, war Ihr Fehler. Auch wenn ich zugeben muss, dass Ihr Plan nicht schlecht war. Aber das Glück war wohl nicht auf Ihrer Seite.«

»Ich will meinen Anwalt sprechen«, murmelte Zecke.

Der Kommissar nickte nur. »Den können sie jetzt auch gut gebrauchen. Aber darüber sprechen wir auf dem Präsidium. Abführen!«

Die beiden Männer wurden von zwei Polizisten durch die Menge gaffender Menschen zu den Dienstfahrzeugen gebracht. Sie mussten sich so einiges anhören und wurden von vielen mit ihren Handys fotografiert. Solch eine vorweihnachtliche Sensation wollte sich natürlich keiner entgehen lassen. Eine Beamtin notierte die Namen und Adressen der Augenzeugen und inzwischen hatten auch Hassan und Till sich durch die Menge gekämpft.

»Bravo!« Kommissar Ballhaus wandte sich Rufus, Paula und Kerstin zu und klatschte in die behandschuhten Hände. »Ihr habt eure Rollen ganz prima gespielt. Danke schön. Ich denke, ihr habt für heute genug erlebt. Am Montag müsst ihr dann aber noch mal aufs Revier kommen und eure Aussagen zu Protokoll geben. Und außerdem beschäftigt mich noch eine Frage.« Dabei schaute er Hassan in die Augen. »Wieso hat Udo Meyschak ausgerechnet dich für seinen kriminellen Plan ausgesucht?«

Hassan erschrak so heftig, dass ihm ganz flau wurde im Magen. Mit dieser Frage hatte er nicht gerechnet. Und warum schaute der Kommissar ihn so komisch an? Es war schwer zu deuten, ob das ein Lächeln oder ein spöttisches Grinsen auf seinem Gesicht war. Das ließ der buschige Schnauzbart nicht erkennen.

»K-k-keine Ahnung«, behauptete Hassan und zuckte mit den Schultern. »Was weiß ich. Ich kenn ihn doch nur vom Sehen. Woher soll ich denn wissen, wie er an meine Nummer gekommen ist. Da kann ich Ihnen auch nicht helfen.«

Play

Diese Erklärung überzeugte den Kommissar nicht wirklich. »Es muss doch einen Grund geben? Denk mal scharf nach, Hassan!«

Da mischte sich wieder Till ein. »Hassan sagt die Wahrheit – die reine Wahrheit! Das schwöre ich.« Till hob sogar die rechte Hand.

Kommissar Ballhaus blickte sie ernst an. »Da müsst ihr schon früher aufstehen. So leicht könnt ihr mich nicht hinters Licht führen. Die Sache mit der Wichtelverkleidung kommt mir sehr verdächtig vor.« Wieder dieser komische Blick. »Hassan, weiß der Tankwart etwas über dich, womit er dich erpressen könnte?«

»Nö!« Hassan brüllte es fast, um seine Unsicherheit zu überspielen. »Ich würde mich nie erpressen lassen, nie im Leben! Und ich wüsste auch nicht, womit.«

Obwohl Hassans Gesicht rot angelaufen war, beließ der Kommissar es dabei. »Na gut, wie du meinst. Wir reden am Montag weiter.«

»Mann, der ahnt was. Das gefällt mir nicht«, stöhnte Paula, als der Kommissar weg war. »Der wird uns ausquetschen, bis wir alles gestehen.«

»Lasst uns erst mal abhauen. Wir müssen nachdenken.«

Kurz darauf saßen sie zusammen in Hassans Zimmer und grübelten. Hassan, der inzwischen seine Jacke von Rufus zurückbekommen hatte, meinte schließlich: »Eigentlich kann uns doch gar nichts passieren, oder? Ich hab das mal gegoogelt. Wir sind alle noch unter vierzehn und somit noch nicht strafmündig.«

»Das ist ja schön und gut«, Kerstin raufte sich die Haare, »aber was ist mit unseren Eltern? Die müssen doch trotzdem bei der Polizei antanzen und erfahren dann alles über unsere Aktionen. Ich darf gar nicht daran denken, was dann los ist! Dann können wir Weihnachten vergessen. Und unsere Bescherung wäre dann auch gestorben. Alles wäre umsonst gewesen. Außerdem, Robin Hood würde doch auch niemals aufgeben!«

Plötzlich sprang Till auf. »Leute, ich hab die Idee! Hassan, lass mich noch mal die Zeitungsartikel sehen.«

Hassan begriff nicht, was Till vorhatte, aber er zog die Artikel unter dem Bett hervor. Auch Paula, Rufus und Kerstin schauten Till verständnislos an. Der ließ sich aber nicht beirren und zeigte auf den Namen, der unter den Berichten stand: Felicitas Schneider.

»Hört zu, das ist genial. Wir schalten die Presse ein!«, sagte er triumphierend, während er die einzelnen Seiten hastig überflog und nach den Kontaktdaten der Redaktion suchte. Als er sie gefunden hatte, griff er nach seinem Handy und wählte, ohne zu zögern, die angegebene Nummer. Es klingelte.

Schließlich meldete sich eine dünne Frauenstimme.

»Verbinden Sie mich bitte mit der Redakteurin Felicitas Schneider«, forderte Till. »Es ist sehr wichtig!«

»Ich weiß nicht, ob sie noch im Hause ist.«

»Versuchen Sie's einfach mal!«, bat Till sehr freundlich.

Warum will Till mit der Reporterin sprechen?
Lies morgen weiter!

22. Dezember

Der letzte Streich

Völlig außer Puste japste die Reporterin in den Hörer: »Hier spricht Felicitas Schneider. Da haben Sie aber Glück. Ich saß schon fast im Auto. Was kann ich für Sie tun?«

»Sie müssen mich nicht siezen«, antwortete Till ein wenig verlegen. »So richtig erwachsen bin ich nämlich noch nicht.« Er machte eine kurze Pause und legte dann los. »Mein Name ist Till Hagemann und ich möchte Ihnen einen sensationellen Deal anbieten. Sie sind doch an den rätselhaften Raubzügen der Wichtelbande interessiert, oder?«

Etwas zögerlich und argwöhnisch kam die Reaktion. »Diese Fälle interessieren mich schon, aber ... Sag mal, Till, hast du etwas mit den Diebstählen zu tun?«

»Nein, nein ... na ja, vielleicht indirekt«, entgegnete Till. »Ich bin keiner der Diebe, falls Sie das meinen, und ich weiß auch nicht, wer die drei Räuber sind«, fügte er schnell hinzu. »Aber die drei rätselhaften Unbekannten haben mir eine wichtige Nachricht zukommen lassen und ich weiß, wo die Beute versteckt ist.«

Felicitas Schneider schien weiterhin misstrauisch zu sein. »Wieso haben sich die Diebe an dich gewandt, wenn du nicht einmal weißt, wer sie sind?«

»Weil mein Partner Rufus Reuter und ich wegen unserer detektivischen Fähigkeiten bekannt sind. Die Weihnachtswichtel haben uns um Hilfe gebeten – anonym natürlich – weil sie gemerkt haben, wie blöd diese Diebstähle waren, und nun Angst vor den Konsequenzen haben. Aber sie haben das alles für einen guten Zweck gemacht. Das kann ich Ihnen versichern.« Till sprach vor Aufregung immer schneller. »Ich biete Ihnen eine Megachance! Sie bekommen die ganze Story mit allen Hintergründen! Sie können Fotos vom Versteck und von den geklauten Sachen machen! Sie können die Aufklärung eines Falls dokumentieren, an dem sich die Polizei bisher die Zähne ausgebissen hat! Sie erhalten die exklusiven Weltrechte an dieser Sensationsgeschichte und . . .«

»Stopp, stopp, stopp, Till! Jetzt mal langsam«, lachte Felicitas Schneider. Sie war neugierig, das spürte Till, auch wenn sie noch zögerte. »Du hast von einem Deal gesprochen. Was verlangst du für die Informationen?«

Till atmete tief ein. Jetzt kam der schwierige Teil des Plans, aber da musste er jetzt durch. »Okay, es gibt eine Bedingung. Damit die Weihnachtswichtel von der Polizei nicht belangt werden können, müssen die Inhaber der betroffenen Geschäfte ihre Anzeigen zurückziehen. Allerdings können die Wichtel die Ware nicht zurückgeben. Deshalb wollte ich fragen, ob die Zeitung die Kosten für die gestohlenen Sachen übernimmt als Gegenleistung für die Informationen?«

»Wie stellst du dir das vor?« Die Reporterin überlegte kurz. »Das muss ich erst mit meinem Chef klären. Und woher weiß ich, dass du nicht lügst?«

»Sie müssen mir vertrauen!«, sagte Till. »Mein Freund Rufus und ich führen Sie zu dem Versteck. Versprochen! Ich schlage vor, wir treffen uns morgen Mittag, Punkt zwölf Uhr vor dem Eingang des Lichtburg-Kinos. Ist das okay?«

»Ja«, antwortete Felicitas Schneider, »morgen um zwölf. Wehe, du legst mich rein!«

»Das würde ich nie wagen. Großes Ehrenwort.« Till lachte und legte auf.

Erst jetzt nahm er seine Freunde wieder wahr. Die saßen mit offenem Mund auf dem Boden und trauten ihren Ohren kaum. Paula fand schließlich als Erste wieder Worte, die aus ihr heraussprudelten: »Du spinnst doch! Du kannst doch nicht einfach so einen Alleingang machen! Was hast du denn vor? Meinst du nicht, du solltest deinen Plan erst einmal mit uns besprechen . . .«

»Dafür haben wir keine Zeit.« Till schüttelte heftig den

Play

Kopf. »Wir müssen handeln. Bevor der Kommissar dich, Hassan und Kerstin in die Mangel nimmt, müsst ihr aus der Schusslinie sein. Ihr seid gar nicht die Wichtelbande. Versteht ihr?«

Kerstin breitete die Arme aus. »Ich kapiere kein Wort.« Dann verzog sie spöttisch die Lippen. »Aber ich muss das ja auch nicht verstehen. Rufus und du, ihr seid die Superdetektive, also macht mal schön. Mir gefällt jedenfalls der Name der Reporterin – Felicitas. Irgendwie cool.«

»Der ist lateinisch«, erklärte Hassan. »Felicitas heißt ›das Glück‹. Vielleicht bringt uns die Reporterin ja wirklich Glück. Mensch, Till, ich wüsste trotzdem gern, was ihr vorhabt!«

Till sprang vom Sitzkissen auf. »Vertraut uns einfach und lass uns mal machen! Rufus und ich, wir schaukeln das schon. Ich verrate nur so viel, wir benutzen die Presse für unsere Zwecke. – Ach ja, die Zipfelmützen und Bärte brauchen wir unbedingt.«

Hassan griff noch einmal unter sein Bett und holte die Verkleidung der Wichtel hervor. Till riss sie ihm aus der Hand, schnappte sich noch ein paar Schokokekse und verließ fröhlich winkend mit Rufus die Wohnung.

»Wir melden uns, wenn der Deal geklappt hat!«, rief Rufus über die Schulter.

»Aaaaahhhh, wieso können die nicht mal sagen, was sie vorhaben«, knurrte Paula, als sich die Tür hinter den beiden Jungen geschlossen hatte.

Inzwischen erklärte Till seinem Freund, was er vorhatte. Sie eilten durch die abendlichen Straßen, ohne die feinen Schneeflocken, die um sie herumwirbelten, oder die gespenstische Stimmung, die von den geschlossenen Verkaufsständen auf dem Weihnachtsmarkt ausging, zu bemerken.

»Und damit alles glaubwürdig ist, müssen wir einen Bekennerbrief schreiben, der so aussieht, als käme er von der

Wichtelbande«, beendete Till die Erläuterung seines Plans, als sie kurz vor seinem Haus standen.

Nachdem sie sich mit Nudelsalat und Frikadellen gestärkt hatten, die Tills Mutter zum Abendessen gemacht hatte, hockten sie sich in Tills Zimmer vor den Computer. Sie überlegten hin und her, was sie schreiben sollten, doch nach einer halben Stunde konnten sie den Brief schließlich ausdrucken.

Rufus nickte zufrieden. »Wenn dieses Schreiben die Reporterin nicht überzeugt, dann fress ich einen Besen. Wir müssen ihn morgen früh zusammen mit den Bärten und Mützen ins Versteck zu den geklauten Sachen legen.« Rufus gluckste vor Aufregung.

»Ich hol dich so gegen zehn Uhr ab«, sagte Till, »dann haben wir noch massig Zeit bis zu dem Treffen um zwölf. Hoffentlich klappt alles.«

»Wird schon schiefgehen!«, sagte Rufus. Dann machte er sich auf den Heimweg, denn inzwischen war es schon ziemlich spät.

Der nächste Morgen kam quälend langsam. Aber schließlich war es so weit und die Jungen versteckten den Brief und die Verkleidung bei der Beute. Danach liefen sie zum vereinbarten Treffpunkt und warteten auf Felicitas Schneider.

Wird der Trick funktionieren?
Lies morgen weiter!

23. Dezember

Fette Beute

Nervös liefen Till und Rufus vor dem Eingang des Kinos auf und ab. Wo blieb diese Reporterin bloß? Plötzlich schoss ein giftgrüner Opel um die Ecke und bremste scharf vor den beiden Jungen. Am Steuer saß ein – Weihnachtsmann ohne Bart. Und jetzt winkte er auch noch. Als er ausstieg, erkannten die beiden Superdetektive, dass der Weihnachtsmann eine Frau war. Eine Frau in flauschiger roter Wolljacke mit weißem Plüschkragen und einer spitzen weißen Strickmütze mit roter Bommel.

»Hallo! Ihr seid also die zwei Superdetektive? Ich bin Felicitas Schneider«, stellte sich die Reporterin ohne Umschweife vor und lächelte.

»Ich bin Till«, sagte Till, »und das ist Rufus.« Dabei zeigte er auf seinen Freund. »Haben Sie geklärt, ob das mit dem Deal klappt?«

Felicitas Schneider lachte laut. »Wow, du kommst aber schnell auf den Punkt! Ja, ich habe es geklärt: Unsere Zeitung übernimmt die Kosten für die geklauten Sachen. Wir haben noch gestern Abend mit den betroffenen Geschäfteinhabern gesprochen. Sobald die Sachen wieder auftauchen und klar ist, worin der gute Zweck besteht, ziehen sie die Anzeigen zurück. Es ist ja schließlich bald Weihnachten.« Ihr rechter Zeigefinger schwebte kurz vor Tills Nasenspitze. »Unser Deal gilt selbstverständlich nur, wenn ihr mir was Spannendes für meinen Artikel zu bieten habt!«

»Ich bin mir sicher, Sie werden staunen«, meinte Rufus lässig.

»Okay, ich lasse mich überraschen. Dann schwingt euch mal rein in meine grüne Luxuslimousine und zeigt mir den Weg zu dem mysteriösen Geheimversteck! Nicht erschrecken, der unrasierte Mann mit der Kameratasche vorm Bauch ist übrigens Uli Lascheck. Unser Fotograf.«

Erst jetzt bemerkten die beiden Jungen den Mann mit dem mürrischen Gesicht, der auf dem Beifahrersitz saß. Er trug eine Baskenmütze, die schräg auf seinem Kopf hing. Till und Rufus schlüpften auf die Rücksitze des Corsa und die Reporterin startete den Wagen.

»Wir müssen zum ehemaligen Gewerbegebiet«, erklärte Till.

Als sie an einer Ampel warten mussten, wandte sich die Reporterin halb zu Rufus um. »Woher willst du denn wissen, dass ich staunen werde? Ihr habt das Versteck doch auch noch nicht gesehen, oder?«

»N-n-nein, wir haben es auch noch nicht gesehen«, stammelte Rufus und überlegte sich hastig eine Ausrede. »Sie haben doch selber berichtet, was alles geklaut wurde. Und ... und ... das ist doch eine große Geschichte für Sie. Deshalb dachte ich ...«

Till kam seinem Freund zu Hilfe. »Das stimmt. Und die Anrufer haben auch beschrieben, was sich in dem Versteck befindet ...« Till unterbrach sich kurz. »Hier in diese Straße rein!«

Felicitas bog in das Gewerbegebiet ein. Es lag genauso verlassen da wie die anderen Male, als Till und Rufus hier waren. Eine schmächtige Katze huschte über die Straße und verschwand zwischen vertrockneten Büschen. Felicitas Schneider fluchte, denn die Straße war übersät mit Schlaglöchern.

»Eine Schande ist das, wie diese Gegend vergammelt«, knurrte der Fotograf. »Freizeitpark, pah! Das wird nie was.«

»Stopp!« Till tippte der Reporterin auf die Schulter. »Hier links das Haus, ich glaube, das ist es. Das passt auf die Beschreibung.«

Sie stiegen aus und gingen auf das Haus zu. Rufus und Till stapften voraus. »Die Anrufer meinten, es sei im Keller.« Sie

stießen die kaputte Haustür auf. Schwarz gähnte ihnen der Keller entgegen. Vorsichtig setzten die Jungen die Füße auf die knirschende Treppe.

»Was, da runter?« Die Reporterin war entsetzt. »Da ist es doch stockduster. Und wie das stinkt!«

»Bleiben Sie ruhig«, entgegnete Rufus cool. »Wir haben Taschenlampen dabei. Wir werden das Versteck schon finden!«

Die Reporterin balancierte auf ihren hochhackigen Stiefeln die steile Treppe hinunter und hielt sich dabei an Tills Schulter fest. Der Fotograf folgte brummend und leise schimpfend. Die beiden Jungen hatten die Lampen angeknipst und ließen die Lichtkegel über die Kellerdecke und die Wände wandern.

»Hier ist ja gar nichts!«, sagte Felicitas Schneider enttäuscht. Sie hatte das Fass entdeckt und schaute angeekelt hinein. »Leer! Da hat uns jemand ganz schön angeschmiert!«

»Sehen Sie!«, rief Rufus. »Hier geht es weiter.« Er war schon in den hinteren Raum vorausgegangen. »Irgendwo hier soll es eine Klappe im Fußboden geben. – Hah! Ich hab sie gefunden. Kommt mal alle her!«

Und dann staunte die Reporterin tatsächlich. Rufus hatte die Metallteile weggeräumt und die Klappe geöffnet. Nun leuchtete er in die Vertiefung. »Und, haben wir zu viel versprochen? Spielzeug, Süßigkeiten und Kinderkleidung, alles da! Die Beute der Wichtelbande.«

»Hier ist auch die Verkleidung! Seht nur, die Zipfelmützen und die Bärte«, rief Felicitas Schneider begeistert aus. »Das ist der Beweis dafür, dass wir das richtige Versteck gefunden haben. Uli, leg los!«

Der Fotograf hatte längst die Kamera ausgepackt und knipste, was das Zeug hielt. Nachdem er die Öffnung fotografiert hatte, legte er verschiedene Gegenstände so zurecht, dass man die Beute gut erkennen konnte. Auch die Bärte und

Mützen arrangierte und fotografierte er für die Zeitung. Rufus und Till leuchteten mit den Taschenlampen.

»Schaut mal!« Till hatte sich plötzlich gebückt und fischte ganz überrascht den Brief, den er und Rufus geschrieben hatten, von der Ladefläche eines Spielzeugautos. Er faltete ihn auseinander. »Eine Botschaft der Wichtelbande!«

Er las laut vor, was auf dem Blatt Papier stand:

Lieber Finder!

Wir wollten niemandem etwas Böses antun. Wir wollen nur bedürftigen Kindern eine Weihnachtsfreude bereiten und haben deshalb von den Reichen gestohlen, da die ja mehr als genug haben. So ähnlich wie Robin Hood. Weil wir aber nicht erkannt werden wollen, sollen Rufus und Till unsere Geschenke überbringen. Sie sollen sich mit der Kinderärztin Dr. Raya Karem in Verbindung setzen. Sie behandelt sehr arme Kinder und wird wissen, wer was braucht.

Die Weihnachtswichtel

Die Reporterin hüpfte vor Begeisterung. »Das wird eine sensationelle Story für die Montagszeitung! Das muss auf die Titelseite. Den Brief drucken wir selbstverständlich auch ab. Uli, mach oben vor der kaputten Haustür noch ein Foto von den beiden Jungen! – Aber wie schaffen wir all die Sachen zu der Kinderärztin?«, unterbrach sie sich selber und blieb an der Luke stehen.

»Nichts leichter als das«, grinste Till und zog eine Rolle Müllsäcke aus der Tasche.

Geht die Aktion »Robin Hood« doch noch gut aus?
Lies morgen weiter!

24. Dezember

Alles im grünen Bereich

Und tatsächlich! Der Fund der Beute hatte es am Montag auf die Titelseite der Kreiszeitung geschafft. In Großbuchstaben lautete die Überschrift:

GEHEIMVERSTECK DER WICHTELBANDE ENTDECKT
Die Ladendiebe wollen Kinder beschenken / Zwei clevere Jungen als Vermittler / Zeitung zahlt Preis der Beute

Sehr dramatisch beschrieb die Reporterin den Fund der Beute, die Gründe für die Diebstähle und wie großzügig sich die betroffenen Geschäfte zeigten. Es sei ja schließlich Weihnachten und da könne man auch mal großzügig sein und deshalb ließen die Inhaber von einer Strafanzeige ab. Zum Schluss ihres ausführlichen Artikels forderte Felicitas Schneider alle Leserinnen und Leser auf, bedürftige Kinder in ihrer Nachbarschaft zu Heiligabend großzügig zu beschenken. Darunter war der Brief abgedruckt und zwei große Fotos schmückten den Text. Das eine zeigte das Versteck mit einem Teil der Beute sowie die drei Masken, das andere Till und Rufus vor der kaputten Tür des baufälligen Hauses.

Die beiden Jungen fanden den Artikel zwar ein wenig rührselig, aber sie hatten ihr Ziel erreicht. Kerstin, Paula und Hassan mussten vor der Polizei keine Angst mehr haben, denn die Reporterin hatte Wort gehalten. Und natürlich genossen sie es, dass sie von ihren Klassenkameraden bewundert und mit neugierigen Fragen bestürmt wurden. Aber sie gaben nichts preis und behaupteten, sie wüssten nicht, wer hinter den Rauschebärten steckte.

Aber sosehr sie sich in der Schule bewundern ließen, am Nachmittag stand den beiden Jungen und ihren Freunden noch eine unangenehme Aufgabe bevor. Sie mussten noch ihre Aussage zu Protokoll geben. Nachdem Kommissar Ballhaus alles erfasst hatte, was sie ihm erzählt hatten, las er das Schreiben noch einmal vor.

»Ist das alles richtig so?« Der Kommissar schaute sie der Reihe nach an. Als alle zustimmend genickt hatten, sagte er: »Gut, dann müsst ihr nur noch unterschreiben.«

Danach drängte der Kommissar die Jungen und Mädchen zum Aufbruch. Zecke und Beppo Prehm würden gleich dem Haftrichter vorgeführt und da müsste er anwesend sein. Doch beim Hinausgehen hielt er Till am Arm fest.

»Gratuliere. Rufus und du habt es ja tatsächlich auf die Titelseite geschafft. Du bist wirklich ein ausgekochtes Früchtchen. Echt clever, wie du die Sache mit der Wichtelbande gedeichselt hast! Aber ich habe längst durchschaut, dass du das Köpfchen hinter alldem bist.«

Till blickte den Kommissar treuherzig an. »Ich weiß nicht, wovon Sie sprechen.«

»Du kannst mich nicht täuschen.« Als Till aber keine Anstalten machte, etwas zu sagen, fügte er versöhnlich hinzu: »Na ja, ihr habt ja noch mal Glück gehabt. Aber ich bin mir sicher, dass die ganze Idee auf deinem Mist gewachsen ist.«

Till widersprach nicht. Er zwinkerte dem Kommissar nur zu und lief hinaus zu den anderen.

Hassan jubelte. »Wir haben es überstanden! Wir brauchen keine Angst mehr zu haben, dass wir verhaftet werden könnten. Weihnachten kann kommen!«

Und Weihnachten kam. Zuerst fand die Weihnachtsfeier der Jahrgangsstufe statt. Diese verlief ohne größere Pannen, obwohl alle vor ihrem Auftritt schrecklich nervös waren. Rufus, Christine und Jan rockten auf der Bühne mit ihrer Version von »I Wish It Could Be Christmas Every Day«. Das Publikum tanzte ausgelassen in der Aula und ihr Auftritt endete in donnerndem Applaus. Auch Kerstins Weihnachtsrap kam sehr gut an. Sie verhaspelte sich nur zweimal, aber das fiel niemandem auf. Als

dann auch die Breakdancer herumwirbelten, waren die Zuhörer nicht mehr zu halten. Nur die langweilige Ansprache der Rektorin bremste die Partystimmung.

Aber das störte keinen mehr, denn nach der Feier begannen endlich die Weihnachtsferien. Hassan und seine Mutter fuhren mit dem Auto nach Frankfurt und holten seinen Vater vom Flughafen ab. Till bastelte die Krippenfigur für seine Oma fertig. Paula besorgte sich in einer Weinhandlung drei leere Kartons und beklebte sie mit weihnachtlichem Geschenkpapier. Dahinein verteilte sie zusammen mit Hassan und Kerstin die Beute der Wichtelaktion und verzierte sie mit goldenen Bändern und Tannenzweigen. Till und Rufus überreichten die Kisten dann Raya Karem.

Die wunderte sich zwar, dass die geheimnisvollen Ladendiebe ausgerechnet sie auserwählt hatten, die Beute an besonders bedürftige Kinder zu verteilen, doch sie freute sich für ihre Patienten. Raya Karem war jedoch eine kluge Frau und so durchschaute sie schnell, wer eigentlich hinter der Wichtelbande gesteckt haben musste. Das ließ sie sich aber nicht anmerken, weil sie ihrem Sohn und den beiden Mädchen die Freude nicht verderben wollte, auch wenn sie nicht damit einverstanden war, wie sie die Geschenke organisiert hatten. Nach den Feiertagen würde sie ein ernstes Wort mit den Langfingern reden. Aber das hatte jetzt Zeit, immerhin war Weihnachten.

Als Hassan ihr nun vorschlug, die Sachen in das Haus am Ende der Viehhofer Straße zu bringen, war sie sofort einverstanden. Sie wusste, dass dort viele Familien mit Kindern wohnten, die sich über die Geschenke freuten.

Und so machten sich Kerstin, Paula und Hassan am Tag vor Heiligabend auf den Weg und überbrachten wie die Drei Heiligen Könige ihre Geschenke. Natürlich hatten sie kein Gold, keinen Weihrauch und keine Myrrhe dabei, sondern die Spielsachen, Süßigkeiten und Strampler.

Und wie die Augen der Kinder funkelten, als sie die Geschenke entgegennahmen. Die Eltern hatten alle Mühe, sie davon zu überzeugen, dass sie die Geschenke erst am nächsten Tag öffnen durften. Aber auch sie freuten sich und bedankten sich bei den Jugendlichen. Die Aktion »Robin Hood« war also doch noch zu einem guten Ende gekommen und Kerstin, Paula und Hassan waren glücklich.

Zusammen konnten sie sich nun ans Kuchenbacken machen. Als Dankeschön wollten sie für Rufus und Till einen Gewürzkuchen backen – mit Rosinen, Orangeat, Zitronenwürfeln, Mandeln und viel Zimt.

Es roch herrlich lecker, als sie es sich zu fünft in Hassans Zimmer gemütlich machten.

»Ohne euch zwei Kriminalisten hätten wir's nicht geschafft«, sagte Hassan feierlich, als jeder ein Stück Kuchen auf dem Teller hatte.

»Wir haben bloß unseren Job gemacht«, antworteten die zwei Freunde wie aus einem Mund und grinsten.

Da zeigte Paula plötzlich zum Fenster. »Schaut mal, es schneit. Lasst uns nach draußen gehen!«

Sie tanzten fröhlich kreischend auf der Straße herum, bewarfen sich gegenseitig mit Schneebällen und begannen sogar, einen Schneemann zu bauen. Daneben schrieb Paula mit der Spitze ihres rechten Stiefels in den Schnee:

FROHE WEIHNACHTEN!

Manfred Mai / Herbert Friedmann

Tore! Jubel! Meisterschaft!

Philipp kann ohne Fußball nicht leben! Deshalb ignoriert er das strikte Fußballverbot seiner Eltern. Doch als er wegen eines verpatzten Spiels auch noch Riesenkrach mit seinem Trainer bekommt, fliegt sein Versteckspiel auf. Ein denkbar schlechter Zeitpunkt! Denn Philipp und seine Mannschaft haben gerade das Endspiel um die Landesmeisterschaft erreicht. Wird Philipp jetzt noch mitspielen dürfen? – Zwei spannende Fußballgeschichten in einem Band.

Enthält die Bände: „Nur Fußball im Kopf?“ von Manfred Mai und „Wir werden Weltmeister!“ von Herbert Friedmann.

Arena

264 Seiten • Arena Taschenbuch
ISBN 978-3-401-50610-4
www.arena-verlag.de

Pseudonymous Bosch

Als Hörbuch bei Arena audio

978-3-401-50627-2

Der Name dieses Buches ist ein Geheimnis

Wir würden an dieser Stelle gern von den zwei tapferen Helden dieses Buches erzählen, Kassandra und Max-Ernest, und von ihren haarsträubenden Abenteuern. Aber leider können wir nichts verraten! Denn sonst würdest du das Buch vielleicht lesen wollen. Doch das wäre einfach zu gefährlich!

Als Hörbuch bei Arena audio

978-3-401-50628-9

Wenn du dieses Buch liest, ist alles zu spät

Mensch oder Monster? Lerne das Wesen kennen, das vor über 500 Jahren in einer Flasche geboren wurde! Welche Geheimnisse hütet dieses seltsame, fürchterliche Wesen? Lies nach und finde es heraus, zusammen mit den zwei tapferen Helden Kassandra und Max Ernest. Aber Vorsicht: Dies ist ein sehr gefährliches Buch!

978-3-401-50629-6

Dieses Buch ist gar nicht gut für dich

In diesem zahnschmelzzerstörenden Abenteuer wird die Mutter unserer Heldin Cassandra entführt: von einem unheimlichen Gourmet-Koch und Chokolatier, dem blinden Senor Hugo. Nur gegen die legendäre magische Stimmgabel will er sein Opfer wieder freigeben. Werden Cass und Max-Ernest das sagenumwobene Instrument finden, bevor es zu spät ist?

Arena

Jeder Band:
Arena Taschenbuch
www.arena-verlag.de